Los Afectos Rodrigo Hasbún

寻找帕依提提

〔玻利维亚〕罗德里戈·阿斯布恩 著　　杨晓畅 译

人民文学出版社
PEOPLE'S LITERATURE PUBLISHING HOUSE

著作权合同登记号 图字 01-2017-9265

Rodrigo Hasbún
Los Afectos

图书在版编目(CIP)数据

寻找帕依提提 /(玻)罗德里戈·阿斯布恩著;杨晓畅译.
—北京:人民文学出版社,2018
(中经典精选)
ISBN 978-7-02-014197-5

Ⅰ.①寻… Ⅱ.①罗… ②杨… Ⅲ.①中篇小说-玻利维亚-现代 Ⅳ.①I779.45

中国版本图书馆 CIP 数据核字(2018)第 086798 号

总 策 划 **黄育海**
责任编辑 **卜艳冰 杜玉花 欧雪勤**
封面设计 **汪佳诗**

出版发行 **人民文学出版社**
社　　址 **北京市朝内大街 166 号**
邮政编码 **100705**
网　　址 **http://www.rw-cn.com**

印　　制 **上海盛通时代印刷有限公司**
经　　销 **全国新华书店等**

开　　本 **890 毫米×1240 毫米 1/32**
印　　张 **3.75**
字　　数 **58 千字**
版　　次 **2019 年 7 月北京第 1 版**
印　　次 **2019 年 7 月第 1 次印刷**

书　　号 **978-7-02-014197-5**
定　　价 **39.00 元**

如有印装质量问题,请与本社图书销售中心调换。电话:010-65233595

Novella

目录

虽然小说的灵感来自于真实的人物和事件，但是小说本身是虚构的。因此，小说中无论是埃特尔家的家族成员，还是与他们相关的人物都不是真实的。

I

帕依提提

爸爸从南迦·帕尔巴特回来的那天，带回来几张照片，上面的风景美得摄人心魄，宛如仙境。吃晚饭的时候，爸爸说，他觉得现在的登山运动太依赖于科技，而逐渐丢失了最重要的东西；他说他不会再登山了。听到爸爸的决定，妈妈天真地笑了，她以为爸爸的话是一种承诺。她没有打断爸爸，而是继续安静地听着。爸爸接着说："登山运动中，重要的是与大自然的交流。"他的胡子从来没有这么长过，和他的眼睛一样黑，他的眼神流露出迷茫。"重要的是攀登到那些甚至被上帝遗弃的地方。不，不是被上帝所遗弃。"他更正道。每次探险回来，他总是能一个人说上好几个小时，说着说着他的情绪逐渐缓和下来，接着又重新燃烧起开始另一段新冒险的愿望。在那些地方总是更容易找到他，那些上帝休憩之地，那些没有背信弃义、没有卑鄙无耻的地方。

莫妮卡和特丽克西无精打采地听着，妈妈更不知道该说什么。在这个家里我们是她的同盟，我们总是在家里等着爸爸，不管是在慕尼黑的时候，还是自从一年半以前来到拉巴斯以后。

离开，这是爸爸最擅长做的事情。离开，但是也会回来，就像一场旷日持久的战争中的士兵，养精蓄锐是为了再次离开。每次平静几个月后，爸爸总是会再次出发。这一次，刚才还一边吃饭一边抱怨登山运动，这会儿又说他要去寻找帕依提提，一座被掩埋在亚马逊丛林之中的印加古城，很多个世纪里都没有人见过它。我很难过地看着妈妈，她刚才那一点点幻想这么快就落空了。“那里堆满了宝藏，印加人把无数财宝都藏在那里，以躲避征服者的贪婪掠夺，”他继续说，“但是我对这个是最没有兴趣的。对我来说，唯一重要的是找到这座城市的遗址。”爸爸从南迦·帕尔巴特回来的时候，曾经在圣保罗停留过，并在那里得到了探险所需要的资金和装备。“你们别忘了马丘比丘曾经消失了多长时间，几百年里，没有人知道它在哪儿，直到勇敢的海勒姆·宾厄姆①发现了它。”

爸爸能记住上千位探险者的名字，而我不行。我还差一年毕业，我忧心的是其他事情，比如以后做什么。拉巴斯没那么糟，但是乱哄哄的。我们来自那个衰老且又冰冷的旧世界，永远与这里的一切格格不入。在经历了几个月的斗争之后，当然包括和该死的西班牙语，我们终于适应了这里。妈妈基本上还

---

① 海勒姆·宾厄姆（Hiram Bingham，1875—1956），美国探险家，1911 年发现印加古城马丘比丘遗址。

不能说西班牙语，但是我和我的姐妹们都说得越来越好，我基本上可以用西班牙语交流，没有太大的障碍。我的第二个选择是回到慕尼黑，但是莫妮卡也想回去，这让我不得不再考虑一下，因为如果这样的话，我们俩可能最后不得不住在一起。她刚满十八岁，刚刚中学毕业，现在正处在她人生中最迷茫、最烦躁的阶段。因为她的精神反常，她成功地让家里所有的一切都围着她转。我和特丽克西也不得不忍受她，从而成了家里的二等人，就像妈妈在与爸爸的关系中一样。我承认，看着她在地上打滚让我觉得很难堪、很震惊，甚至很恐惧，上一次我们不得不把她捆起来。爸爸已经知道这件事情了吗？妈妈是不是写信告诉过他？或者在吃晚饭以前，当他们单独在房间里的时候，妈妈是不是已经告诉他了？虽然几个月以来妈妈不断地哀求她，但莫妮卡显然对这件事不屑一顾。她总是说："这没什么，别来烦我！"她非常坚决地拒绝去看任何精神科医生或者内科医生。

不管怎么样，爸爸回来后的第十天，莫妮卡的精神反常再次发作了，与此同时，爸爸也收到了他一直期待的来自巴西考古学家的消息：他们需要推迟探险。爸爸不明白为什么，并且把这当成了对他个人的羞辱，于是在家里掀起了一场可怕的暴风雨。在接下来的几天里，我们听见他不停地打电话，用力地摔门、威胁、怒吼。与此同时，他不停地抱怨，就像一头被囚禁的野兽，一个失去了一切的人。我们正在放假，因此无法逃离这场折磨。最后，在某个下午，当我和莫妮卡在花园里帮他忙的时候，他问莫妮卡是否愿意跟他去探险。我的姐姐不确定她自己想不想读书，即使读书也不知道该读什么，去哪儿读。此外，她是我们当中最无法接受来玻利维亚定居的人，甚至在船上时也从未停止指责。“我们不能让我们的生活变成这样！”说完，莫妮卡生气地跺脚，“不应该是这样。”“不是每个人都拥有从零开始的机会。”爸爸劝莫妮卡。但是莫妮卡立刻打断了他：“不能从零开始，放弃是懦夫的行为。”听到这样的话，爸爸沉默下来，这让莫妮卡更加肆无忌惮，一直到爸爸失去了耐心。于是，妈妈让我和特丽克西去船舷上待会儿，只剩下她和爸爸在那儿争吵。有时候，这种争吵甚至会持续几个小时。我们到达拉巴斯的那天，我理解了姐姐的恐惧。一切都是那么陌生：街上有很多乞讨的小孩子和身背大包袱的印第安人，大部分的房子都只建了一半。总之，所有的一切看起来都是那么贫穷而且肮脏。两个月以后，我们在市中心的一个街区安定下来，然后爸爸去了南迦·帕尔巴特，之后莫妮卡身上就开始出现精神反常的现象，到现在已经一年多了。如今，在花园里，让我吃惊的是，莫妮卡立刻接受了爸爸刚才提出的建议。

很明显，爸爸提出这样的建议有两个目的：在探险过程中莫妮卡能做他的帮手，据我们所知，他决定一刻都不推迟；同时，他也希望能让莫妮卡远离她的烦恼和不安。听到他们的谈话，我迟疑了一下，但是立刻对他们说应该把我也带上。“你还在读书呢，小姑娘。”莫妮卡说。“我可以请几个月的假。”我很镇定地回答，然后又继续对爸爸说，“这可能是我生命中非常重要的一件事，你比任何人都清楚。”在恶劣的环境中待了那么久才回到家里，爸爸是什么感受呢？是不是发生了什么我们不知道的事情让他不想再继续登山了？他到底想去帕依提提找什么？而我呢？只为了逃几节课而已吗？为了让我在朋友中感觉与众不同吗？他们知道这个消息后肯定会嫉妒死我。为了不落于莫妮卡之后吗？爸爸好像早已预料到了这一切，包括我在心中问自己的问题，他做了一个奇怪的笑脸，最终同意我随行。这时，我的心脏却像被冻结了一样。我看了一眼莫妮卡，她也看了一眼我，我们都不知道该说什么。我想我们两人都有点儿害怕，害怕我们真的要踏上探险之路了。

过了一会儿，爸爸说：“必须做好充分的准备。”我们之间一般说德语，仅有的那么几次不得不讲西班牙语，感觉很不对劲。天黑了，我们必须尽快回到屋里。我们已经给花园除了草，只剩下给麻袋打结然后拿到街上把它扔了。“我们物资方面的准备已经很充分了，”爸爸说，“我们有防蚊衣、无线电设备、铝制的梯子、特制的胶片保护盒和先进的摄影机。我们已经准备好了一切，足够我们到达世界的尽头。”这些设备是玻利维亚的某个部委和巴西的一个机构赞助的，那个巴西机构最终同意不派他们的人加入我们的探险队。“未来属于这个世界，”最近几天已经听爸爸说了很多次，“欧洲已经失去了机会，现在轮到像玻利维亚这样的国家了。”在我们以前的那个国家，人们已经不喜欢爸爸了，当然爸爸也不喜欢那里，即使爸爸对德国电影曾经做出过很大的贡献。柏林奥运会期间，在莱妮·里芬斯塔尔①著名的纪录片里，爸爸创造了很多的第一，比如第一个潜入水下摄影，第一个从空中拍摄了大量精美的镜头，等等。他在很多年里也曾致力于拍摄关于战争的令人震撼的照片。所有人都知道他所做的事情，我们当然更加清楚，于是我们不得不离开那个旧大陆，抛弃过去的一切。“物资上我们都准备得很充分了，”爸爸在花园里把麻袋扛到肩上，继续说，“但是物资运输方面、体力方面、思想方面都没有准备好，精神方面就更不行了。”妈妈已经知道这件事了吗？他们已经为这件事争吵过了吗？我们没有经过她的同意就这样走了吗？“一切都不会容易，”

① 莱妮·里芬斯塔尔（Leni Riefenstahl，1902—2003），德国著名电影导演、制片人、摄影师。

爸爸说，“从来没有人说过这会是一件容易的事情，不管是对你们还是对我而言，都不会容易。但是我们会找到帕依提提的。它从几个世纪以前就已经在那儿等着我们了，无论如何我们都要找到那里。”

三个星期以后，探险队集结完毕等待出发。爸爸当然是我们的队长。他不是考古学家，队伍里谁都不是，但这并不重要，至少现在不重要。鲁迪·布劳恩之前也曾做过类似的探险，他刚刚从查科回来。他好像什么牵绊也没有，也非常了解我的父亲，因此说服他不是一件难事。看到鲁迪的第一眼，我就彻底爱上他了，因此非常庆幸我来了。比格尔小姐是一位昆虫学家，她在玻利维亚已经待了好几个月，研究一种昆虫。有需要的时候她可以帮帮忙，大多数时候她只专心收集动物标本。而莫妮卡和我要负责一堆事情，比如协助爸爸拍摄他向自己许诺要拍的纪录片。

我们坐着面包车，一直开到无法再前进的地方。车开得很慢，也许是装了太多东西的缘故。第一天我们路过了巴尔卡和恰卡塔雅山。一路上，为了爸爸的拍摄工作，我们走走停停。出发之前，他已经教过我们怎样协助他，我们能瞬间支起三脚架，熟悉各种镜头，能够熟练操作摄影机。我们晚上很晚才到达索拉塔，挤在一个租来的小房间里，一整晚都没睡好。第二天一大早就有二十五头骡子在等我们，每一头骡子身上都背着四十六公斤重的麻袋。爸爸曾经说过，骡子扛得太多就走不动了。天空中下着冰雹，天气异常寒冷，比城里还要糟糕十倍。我们必须穿过海拔五千多米的雷亚尔山脉，甚至呼吸都变得很困难，更不要说我们还背着沉重的背包，感觉脸都已经冻没了。

沿途有不计其数的神庙，一堆堆光滑的石头矗立在那里，抵抗着岁月的侵蚀。每当我们经过一座神庙，脚夫们都要一边用艾马拉语念叨着，一边在他们周围撒上古柯叶。其中一个脚夫告诉我们，这些神庙是为了敬奉大地之神帕查玛玛女神以及其他山神的。这个脚夫和其他脚夫一样，都有嚼古柯叶的习惯。他一边说话，一边嘴里还嚼着古柯叶，因此我很难明白他在说什么。他们嚼古柯叶要嚼好几个小时，据说叶汁可以增强力量。在山顶上，又有新的骡子等着我们。脚夫的头领想在原先商量好的价钱上加价，一直说他的人很不高兴。他们讲价讲了一个小时。爸爸一紧张就会把所有的语言都混在一起说，这使得其他人更难明白他的意思。他的话里夹杂着德语、巴伐利亚语、意大利语和英语，就像一堆令人无法理解的胡言乱语。我自告奋勇地想给他当翻译，但是他拒绝了。最后他还是多付了三千比索。

又前进了几个小时以后，我们遇到了一帮危险的人，他们要去蒂布阿尼寻找黄金。爸爸的态度一下就变了，而鲁迪，之前走在队伍的最前面，马上跑到队伍最后来保护我们。我的身体禁不住颤抖起来，也许是鲁迪的勇敢感动了我，或者是猛然刮起的大风吹动了我。我们不能让任何一头骡子落在后面。为了帮忙，我一次又一次地去数骡子，虽然每次都只能数到十三或者十四。我必须来回跑，但是由于道路条件有限，显然这么做不太明智。那群淘金的人时不时会问一些问题，但是大多数时候都不说话，那种沉默让人很不安。我不禁开始想到最坏的情况：他们和这些脚夫一起抢走我们所有的东西，再把我们分尸。半个小时以后，幸运之神眷顾了我们，那群人终于和我们分开了。天擦黑时，我们到达了雅尼。这是一个很阴冷的村子。一间间小小的土坯房重重叠叠、鳞次栉比，我从来没有见过这样的景象。孩子们光着脚在满是尘土的道路上奔跑，有的孩子满脸都是鼻涕。他们像看见鬼似的望着我们，对我们的问候也没有任何反应。他们竟然没有被冻死真是太神奇了。问题又来了，几个脚夫和他们的骡子没有赶上来，仅仅到了六七个。爸爸非常生气，脚夫头领跟他解释说其他人已经回家了，明天一早就会回来。接下来又是一番争吵，他们不得不又把那些人叫了回来。没过多久，所有的行李都放在了院子里，上面盖着一层帆布。当地人都在我们附近转悠，他们肯定很好奇我们是谁，来这里做什么。爸爸变得谨慎起来，命令我们做好戒备。莫妮卡拿着气枪，第一个自告奋勇去放哨。比格尔和我准备晚饭的时候，鲁迪和爸爸给我们要去睡觉的那个房间消毒。这是一间茅草屋，墙是用泥砌成的，内墙上糊了一层旧报纸，有些报纸甚至是一九四〇年代的。

半夜里鲁迪轻轻地摸了一下我的头，把我叫醒。“怎么了？”我问他。“该你值夜了。”“啊！”我立刻高兴地爬了起来，因为我终于可以和他说话了。“还有人在外面吗？”我问。“有两条狗一直在那儿闻我们的袋子，仅此而已。”他回答道。我希望他说话的时候带着微笑，但是太黑了，我根本看不见他。我笑了，但是我知道他也看不见我。“你休息吧。”我对他说。“好的。”第二天早上，我在他身边醒来，对他说了声早上好，现在他终于可以看见我的微笑了。房间里只有我们两个人，我们能听见爸爸在外面叫喊的声音。一份关于战争的报道引起了我的注意。我对那个时期的记忆几乎是空白的，我问鲁迪他是否记得一些。他一边系鞋带，一边说我们不能再耽搁了。当他出去的时候，他又一次抚摸了一下我的头，但更像是在摸一只宠物而不是一个女人。也许是他觉得我太小了，或者是害怕爸爸。就在那天，爸爸要求我们像叫陌生人一样叫他的名字汉斯，而不是“爸爸”。外面还是很黑，脚夫们再次要求加钱。从现在起每天都要发生这样的事情吗？他们觉得我们是白痴吗？“能不能像个男人一样信守诺言，一次就把话说完！”莫妮卡愤怒地大叫。所有人都沉默下来，那种沉默让人很不舒服。几秒钟以后，所有人又大笑起来，是那种忍俊不禁的笑声，也包括爸爸，他充满骄傲，笑得头发都乱了。莫妮卡也笑了。在一片笑声中，事情就这样解决了。

我们继续前进。有一段路是几个世纪前印加人开辟的。想到这些不禁让人思绪万千，觉得很有趣但是又很难过。我们迷失在了一个陌生国度的深处，离家很远很远。探险刚刚开始，可能很容易就忘记梦想，忘记我们日复一日在做的事情是为了一个伟大的计划，忘记我们所有的努力都是为了要找到那座遗失在雨林中的城市。帕依提提，我必须像在祈祷一样不停地重复它的名字：帕依提提，帕依提提，帕依提提。我正在念的时候，鲁迪和莫妮卡窃窃私语的声音分散了我的注意力。莫妮卡精神正常的时候，我常常嫉妒她的轻松，她可以和任何人成为朋友。我很难理解同一个人怎么可以既这么开朗，同时又有那么可怕的一面。我很难想象这么开朗的女孩和那么绝望的女孩竟然是同一个人。

傍晚的时候，我们在多拉班巴扎了营。附近有一条小溪。

其他人不想和我们一起去，所以比格尔小姐和我两个人结伴去洗澡。自从出发后，这还是第一次洗澡，所以我觉得很新奇。她问我脚疼不疼。我回答说我非常好，虽然事实上我全身都要散架了。她继续问我想不想妈妈，我回答说我很想我的妈妈。“她是怎么样的一个人？”“忧郁。”我回答说。这真是一个很可笑的回答，但是我想不到其他的词了。因为不好意思，我没有提及妈妈开始大口大口咳痰，然后我和我的姐妹们就像研究刚出生的小动物一样仔细观察它们。“我们有伴了。”比格尔小姐说。招待我们的那家人养了一群猪，其中一头正在几米以外看着我们。之后，我大便的时候，它也一直在那儿等，等我一离开，它就立刻跑过去狼吞虎咽。

第二天一大早，爸爸的声音就把我吵醒了。我们已经离开拉巴斯三天了？还是才两天？还有多久我们才能到达印卡班巴？我们准备在那儿扎营。我们要做的事情太多了，多得我都没有机会去问。在最初那几天，我几乎没有和任何人说话，和莫妮卡说得更少。“保持安静是最基本的。”从我们出发的那一刻起，爸爸重复了好多次这句话。“探险者是最擅长听的人，他们必须时刻注意所处的环境。听和看一样重要，甚至比看更重要。”他一次又一次地说。此刻，清晨，我听见他在帐篷外面做着什么事。过一会儿他就端着美味的燕麦和切碎的水果进来了。

早上七点我们又一次出发了，十一点的时候我们被一片浓雾包围了。爸爸大声地喊叫，让我们紧跟前面的人。我身边的两个脚夫开始用艾马拉语交谈起来。我不知道他们在说什么，但是他们说话的声音非常平静，这让我心中产生了莫名的镇定。“大家休息一会儿，”鲁迪大声说，“小心别滑倒了。”我喜欢他说话的语气，坚定而又温柔，和爸爸的完全不一样，除了坚决还是坚决。我们都穿上了特制的绿色外套，每走一步都能感受到雨林，尤其是它的潮湿。我们像是迷路的跳伞员、寻找战争的士兵，或是奇怪的外星来客。偶尔雾散开的时候，能看见向东延伸的山脉，山上覆盖着一层层树木。爸爸经常要录像或者拍照，于是我们也不得不停下来等他，或者假装我们没有看见相机。有的时候我们也给他录像，这时他也假装没有意识到有人在拍他，只管自己干着自己的事。在地下的某处，帕依提提就在那儿。我仍然不时地重复着：“帕依提提，帕依提提，帕依提提。”我也默念着：“鲁迪，我的挚爱鲁迪，我的生命鲁迪。”我曾经固执地认为他是单身，但是一想到妈妈，让我意识到可能也有人在等着他。我不知道我为什么会往前走，甚至超过了他。这时候突然出现了一条蛇，鲁迪立刻反应过来，朝蛇扔了一块石头，蛇又迅速钻回密林当中。然后鲁迪要求我回到我自己的位置上。在接下来的时间里，我都不敢看他。

我们在傍晚的时候到达了巴拉拉尼，所有的一切都与我们前一天晚上在高山上看到的不一样。这里的植被更加茂盛，满地都是苔藓，房子都是用树干和棕榈叶搭成的，这里的人也非常友好。在绿色外套里面，我已经汗如雨下。当我对莫妮卡说的时候，她说她也是。在要过夜的小房子里，我们开始给橡胶垫子充气。如果我觉得拉巴斯很穷的话，这些村子比拉巴斯还要穷十倍。“你还好吗？”我问。“很好，”她回答说，“你呢？”“我也很好。”“你会撑下去吗？”她问我。“这有什么困难的。”我回答她说。几个小时以后我们才吃晚餐，有土豆饼和德国酸菜。爸爸雇到了十二名开路人，他们会用大刀为我们在雨林中开路，因此这会儿他心情非常好。他说明天最晚两点我们就可以到达印卡班巴，直到现在还没有遇到任何真正的困难，这真算得上是个奇迹。他还说这会儿他已经能在空气中听到帕依提提的声音了。“你的听觉真好，我可什么都没有听见。”比格尔小姐说。我们所有人都笑了。

晚上我想尽办法待在鲁迪身边。我亲了一下他的络腮胡，向他表达感谢，谢谢他今天下午帮我赶走了蛇。很显然我们还处在开始阶段，但是我们不知道接下来会发生什么。我们才刚刚开始，唯一的选择只有继续。外面全是牛虻的嗡嗡声和一群群蚊子的声音。鲁迪没有意识到我的暗示，没有回应我。

圣诞节

爸爸和我的姐姐们已经去那片雨林待了好几个月了，那个圣诞节只有我和妈妈一起过。那是我一生中最美好的一个圣诞节。

我本不应该说出来，那是我和妈妈的秘密，但是我要说：当我们一起准备晚餐的时候，我第一次抽烟了。

是妈妈给我的烟。

“你想抽烟吗？”她突然问我。

我笑了一下，不敢相信眼前发生的一切。

那个时候我快要满十三岁了，确切地说，十二岁零十个月。

她看起来很悲伤，也许是因为我们要孤独地度过这个圣诞节。连我们的女佣巴乌丽娜也已经回老家了。

“你要不要？”她再一次问我，手指间夹着一支烟，递到我的面前。她的手很纤细，我端详着它们，就像是第一次看见一样。从很多意义上来讲，那个圣诞节就好像是我第一次看见妈妈一样。

“我十一岁的时候第一次抽烟。”她说。

我很难想象出那个时候的她。

我不知道该说什么。想还是不想。我紧张极了。

“也是和现在差不多的情境，”她接着说，“也是我妈妈让我抽的，不管你觉得有多么不可思议。就在基姆湖旁。”

我把烟放到嘴里，深深地吸了一口。

我剧烈地咳嗽起来。

“你可能会觉得有点儿晕，这很正常。”妈妈一边说，一边把烟从我手中拿了回去，继续抽起来。她用另一只手搅拌锅里的蔬菜。

已经是晚上了。

其他人大概都已经在家里和家人在一起了。

“你还好吗？”妈妈问我。

“是的，我很好。”

“还想试试吗？”

我点头。

这次她亲自把烟递到我的嘴里。

我没有像上次那样用力地吸，但还是咳了起来。

那天晚上妈妈说了很多很多，是因为她想说，而不是因为觉得那是她的义务和责任。

或许也是因为她喝醉了。

她也应该醉了，她一个人喝了一整瓶葡萄酒。

她不让我尝，她说等我再大点儿才能喝酒。她还说，生命比人们所说的还要长，有的时候甚至觉得没有尽头。她叫我不要相信那些总是很忙碌的人。

她一说这句话，我就想起了爸爸，也许还有莫妮卡。海蒂、妈妈和我要更散漫一些，没有那么多的责任感。

我们在客厅里吃晚餐。

火鸡。

蔬菜蛋奶酥。

我们一边笑，一边想象着爸爸和莫妮卡他们正在吃烤猴子，还有蛇之类的东西。当他们的食物耗尽以后，他们肯定偶尔会吃这些的。他们捎回来的信总是很简短，有时我们也看不懂，但是至少每十天我们会收到来自他们的消息。

“最近我每晚都梦到慕尼黑，”妈妈说，“就好像我同时拥有两种生活，醒着的和睡着的。”

“那你更喜欢哪种生活呢？”我问。

我们坐在餐桌旁。

只有我们两个人的餐桌显得非常大。

妈妈打开第二瓶酒，喝了一小口，笑了笑，想了几秒钟才回答我。

“我想睡着时的我更快乐。”

“我也常常想起慕尼黑的生活。”我说。

也许是为了让她不要感到那么孤单，也许是为了让我自己感觉轻松一点儿，我不知道为什么。

“你想起什么？”妈妈问。

“奶奶的桃子馅面卷和他们在酒店里的那个房间。我们应该偶尔回去看看。”

“如果我们去的话，我就不想回来了。”妈妈说。

移民来这里，妈妈是我们当中最难受的。她只能和其他德国人交流，此外她的身体也越来越不好，她不适应拉巴斯的高原环境。

我想我应该走过去抱抱她，但是我没有。

大概晚上十点或者十点半，离半夜还早。

在我们家没有送圣诞礼物的习惯，所以我也没什么可期待的。

我们收拾了盘子，洗干净，擦干，再放回橱柜里。

一般都是巴乌丽娜来做这些事情，以及打扫清洁、洗衣做饭，等等。她不得不跟妈妈学做饭，因为我们家里谁都不喜欢玻利维亚菜。

“你快变成德国人了。”我的两个姐姐常常逗巴乌丽娜。她们还跟她说如果我们离开这里的话，也会带她一起走。

妈妈点燃了另外一支烟。

她不再问我想不想，而是直接把烟递给了我。那是我生命中抽的第三口烟，很快就有了第四口、第五口、第六口。

“我想你记得现在的我。”妈妈说。

“什么？”我问。

“就是这样，”她解释说，“在一九五五年的圣诞节，在厨房里和你一起抽烟。”

我们倒在床上，甚至连睡衣都没换。

我们累了。

我很喜欢听她说话。

我原来不知道她生命里亲吻的第一个男人就是爸爸，也不知道外公外婆反对他们两个结婚，但是妈妈没有听他们的话，还是和爸爸结了婚。

我也不知道在我之前他们失去了两个孩子，之后又失去了一个。

“你想要儿子吗？”我问妈妈。

她回答说拥有我们她觉得很幸福。

“但是你爸爸的确很想要一个儿子，”她说，“所以我们不停地尝试。我想最后你爸爸就把莫妮卡当成儿子了。”

一说完她就大笑起来。

“你对爸爸是一见钟情吗？”

“是我第二次见到他的时候，”妈妈回答说，“但是我不是唯一喜欢他的人。我觉得我们那群人里所有的女人都有点儿喜欢他。”

我翻了个身看着她。她的眼睛轻轻地闭着，手里端着酒杯，轻放在肚子上。

我问她是否还爱爸爸。

她睁开眼睛看着我。

我很害怕她说不，但是我告诉自己，我会理解她的，不爱了也很正常，事实上如果还继续爱着才奇怪呢。或者也许我当时并没有对自己这样说，是很久以后才这样做的。

“每天都会多爱一些。”妈妈看着我回答道。

她说这句话的时候好像是认真的，但是我很怀疑，因为今晚发生的一切。因为她突然那么自在，喝了那么多酒，在家随意抽烟，还让我也跟她一起抽，而且没有换睡衣就倒在了床上。

“很晚了。”妈妈说完，一口喝光杯中的酒，把杯子放在了床头柜上。几秒钟后，当我再次看她时，她已经睡着了。

莱茵哈德

是的，一九五六年五月，莫妮卡的妈妈奥勒莉亚开始在我父母的进口商品公司工作。我记得很清楚，是因为就在同一个月我离开了那里。在那之前不久，我被医学院录取了，从那时起我有空的时候才去帮帮忙。我和我父母吵得天翻地覆的那个晚上，她也在。我和他们之间的分歧已经无可救药，没聊多久我们就吵了起来。我为一些具体的事情指责他们，比如他们的一个员工刚刚查出肿瘤，他们应该为这个员工负责，员工理应得到更好的待遇；而我的父母则很宽泛地斥责我的蛮横无理、单纯天真以及忘恩负义。但是关于我们的最后一次争吵，我记得最清楚的是奥勒莉亚，她身处那场与她无关的争执中，在收银台旁安静地工作着，就好像没有听到我们在争吵一样。

是的，之后我会发现莫妮卡完全不同，一个如此脆弱、如此虚弱的母亲也有可能生出像她那样的女儿。但是那个时候我还不认识莫妮卡，只是知道她的名字而已，因为奥勒莉亚偶尔会提起她。谁能想象得到，几年后，她的女儿会成为我生命中极其重要的人。

是的，偶尔，我会在房间的黑暗中，手里端着装有威士忌的酒杯，身处新环境的中央，心里想着，一辈子对于有些人来说根本不够。很难把他们所有的人生都聚集在一起，比如把最初有趣的莫妮卡和之后让人无法忍受的莫妮卡当成一个人。

是的，当威士忌进入我的大脑之后，我的思绪更加蔓延，都是关于她，关于她那段蜕变的日子：莫妮卡在我那寒酸的房间里，或大声朗读，或为了什么事情大骂起来，或在离我很近的地方放声大哭；莫妮卡二十出头，是一个美丽的女人，已经准备好迎接一切；莫妮卡和我哥哥结了婚，却跟我身心交融。我毫不羞愧地承认：莫妮卡只需要一个眼神就可以让我臣服。

是的，当雇用奥勒莉亚的时候，她显得很茫然，甚至有点儿被吓到了。感觉得出她之前从来没有工作过。我的父母说她家最近的经济状况不是很好。我觉得她来工作是因为不想忍受孤独。

是的，很长一段时间里，我都认为莫妮卡和我拥有类似的经历。我们两人都是年少时就来到了拉巴斯，都对那段旅程不适应，内心很不舒服。在那段时间里，我们都相信，这样的经历会让我们与众不同；我们都相信，从某种程度上来说，这样的经历可能很重要。

是的，就在我们来到这里的前几年，玻利维亚爆发了一场民族主义革命。虽然占了人口的大多数，但是印第安人到那时才争取到了选举权和拥有土地的权利。然而，照我看来，这朝正确方向迈进的一步其实没有多少意义。我想说的是，印第安人还是和以前一样任人欺凌，一贫如洗。

是的，数据令人震惊，即使在这个国家最富有的城市拉巴斯。一九五〇年代中期，这里只拥有不到四十万的人口，尽管如此，百分之六十的人都从来没有进过学校。妇女和儿童的死亡率非常高，医疗卫生基础设施也非常落后。但是，最糟糕的是，土生白人的伪贵族主义还继续存在，大部分来到这个国家的德国人和犹太人也都立刻拥护它。

是的，正是在大学里，我逐渐接近了左派，开始比较积极地参加社会学学生组织的会议。我想我的出现起初对他们来说很奇怪。肯定不止一人猜测我来自于一个富裕的家庭。

是的，奥勒莉亚不喜欢谈论她自己，我虽然健谈，但是也不爱打听别人的事，尽管如此，而且我们只接触了短短几个星期，我却从一开始就对她感到一种发自内心的亲切。

是的，两年之后我才知道，她开始在公司工作的时候就已经生病了。我一知道这个消息就想去探望她，但是学校的课程加重了，左派运动越来越多，新生活的节奏也越来越快，我没能找到时间或者说我没有勇气去探望她。

是的，如果我那时去了的话，就有可能比我的哥哥早认识莫妮卡，那我们的命运肯定就不一样了。偶尔我会跟她说起这样的假设，但她总是很生气，立刻转换了话题。

是的，和父母吵架之后，我就在大学附近租了一个小房间。为了养活自己，我不得不在两家诊所轮流打工。我负责的都是比较简单的事情：处理伤口，以及接待一些自己觉得自己有病的人。

是的，远离了家人和课程的束缚，我更加积极地参加左派的活动，没多久就认识了几个学生领袖。我们经常聚在我租的房间里。就是在那里，我成了真正的男人，说真的，玻利维亚女人要害羞很多。

是的，每个夜晚，手里拿起威士忌，我毫无例外地都会想起过去，尤其是莫妮卡。虽然以后的日子里她很少再出现在我的回忆中，但是那几年，我满脑子都是她：或疯狂或幸福的莫妮卡，总是质疑一切的莫妮卡，正在爱抚亲吻呻吟或正经的莫妮卡，那个更早以前曾经的莫妮卡。外面，在落地窗的另一边已经不是拉巴斯了。里面，在落地窗的这一边，是一个留着络腮胡、头发半秃的男人，已不再是那个让人喜欢的年轻小伙儿。

是的，我和我的哥哥从来都很不一样，因此我们的疏远也不足为奇，与莫妮卡毫无关系。

是的，现在唯一重要的是她，这个不被理解的女孩，这个混乱又叛逆的年轻人，这个之后失去理智的女人，她已经不能控制自己，最后不得不伤害自己和其他人。

是的，如果非要逼我说的话，这就是我对她仅存的印象：那个伤害了很多人的女人。

大毁灭

他们没让我参加探险的后半程，而这段旅程逐渐接近了尾声，我和妈妈去寻找爸爸和莫妮卡，以及比格尔小姐和鲁迪。

那是一段痛苦的旅程，尤其对妈妈而言。我从来没有听见过她如此多的抱怨，夜晚的时候，她的背疼得简直要了命。骑骡子并不是一件容易的事情，几个小时以后就开始浑身不舒服了。我使劲给妈妈做按摩，尽管如此，她还是求我用全身所有的力量，更加用力地按。

现在她坐在爸爸身边，一点儿也看不出之前三天的旅程对她而言是多么难以忍耐。我坐在鲁迪的旁边，从那个角度很难看着他，但我还是想尽一切办法，比如时不时地请他把盐或者辣椒递给我。他瘦了，也没有刮胡子，他的络腮胡几乎和爸爸的一样长了，但是最明显的变化是，他比以前看起来更加心不在焉。莫妮卡也一样，再次见到我和妈妈丝毫没让她高兴起来。爸爸是唯一没有任何变化的人，依然信心满满。他告诉我们，他们从杂草丛中挖掘出两条用加工过的石头砌成的墓道、三面墙和一座瞭望台。但是他不确定这些是否属于某座更大的建筑。

他说他们小心地收藏着一个金做的面具、三把祭祀用的刀和几只罐子，那些物品上刻有神秘的图形和文字，记载着一个有上千年历史的文化。更重要的是他们拍摄到了令人叹为观止的画面。虽然很难触碰到这个话题，但我还是问了，我跟爸爸提到了帕依提提。刹那间，一种奇怪的沉寂在空气中弥漫开来，所有人都安静下来。最后爸爸说："我们还需要更多时间才能到达那里，仅仅一两次探险不可能有什么收获。当然事实上，收获还是有的，比如为以后的探险建立坐标。""你可别算上我。"莫妮卡立刻打断他。我不知道她是认真的还是开玩笑，但我和妈妈都忍不住笑起来。

我们的笑声更加鼓励了莫妮卡，她聊起了路易莎和费利佩的事，那是陪伴他们一路的一只母鸡和一只公鸡。"是探险的后半程"，我本来想纠正她，但最后还是没有勇气。那两只鸡是他们快到这里的时候，在路上遇到的一位来自瓦力昆卡的老太太送给他们的。我看见妈妈的一只手放在爸爸的膝盖上，这让我很开心。我从余光中也看到鲁迪正在专心致志地吃东西。"那位可怜的老太太两只眼睛里都是脓，"莫妮卡说，"她几乎看不见任何东西，所以我们帮助了她。""我们用硼酸水给她洗眼睛，"爸爸接着说，"留给她一管青霉素让她自己涂在眼睛上。""然后我们继续上路，想着也许以后我们再也不会看到她了，"莫妮卡继续说，“但是十五天以后，她又出现在了这里。”“那是一个几乎不能走路的驼背女人。”比格尔小姐补充道。自从我们坐到餐桌旁，这是她第一次说话。我很讨厌他们之间串通一气的感觉，这让我觉得我不再是这个队伍的一员。我恨自己这十一个月为了学业必须离开他们，不能和他们在一起。“当然，”莫妮卡说，“她几乎无法行走，但是仅仅两个星期，她的眼睛就康复了，为了感谢我们，她给我们带来了路易莎和费利佩。”“你们知道她走了多长时间吗？”爸爸问。“多长时间？”我问。“往返八个小时，”爸爸回答说，“她的村子比马里还要远。”“她拄着一根树棍，走得慢极了，”莫妮卡说，“慢得令我都不忍心看她。”爸爸接着说：“这位勇敢的老太太每隔十五天就会来探望我们，并且给我们讲了很多关于帕依提提的传说。也是她告诉我们这片土地曾经被火蚂蚁和蛇占据，印加神明为了保护这片土地，让人类在这里定居繁衍。当然神明做的远不止这些，他们还给帕依提提覆盖上一层面纱，让它不被世人发现，不被那些渴望宝藏的眼睛看见。”“这些都只是传说。”比格尔小姐又一次加入到我们的谈话中。“这并不意味着缺乏真实的信息，”爸爸说，“不管怎么样，老太太说了，面纱只是针对那些贪婪的人，那些前来寻找宝藏的人。”“那两只鸡是代表幸运的礼物，”莫妮卡继续说，“老太太说它们会照顾我们的。你们不知道当周围有蛇的时候它们的反应。”说完莫妮卡就笑了，让我意想不到的是，鲁迪也笑了，这让我感到一阵心痛。他们一起回忆起了一些事情，而我对这些事情一无所知。

我沉思了半刻，我把我们想象成了一部电影中的人物——我和我的同学偶尔会在一起看电影。我们唯一相似的地方就是我们都不太正常，尤其是爸爸开始模仿那只母鸡的时候。“那位老太太是怎么找到这里的？”过了一会儿，妈妈问。她似乎一直在想着那位老太太，想象着她可能会碰到的困难，同时也在回忆我们来这里的一路上经历的各种艰辛。“心灵感应的能力在这些人身上并不稀奇。”爸爸回答道。我原以为他说完后会放声大笑，但他还是像什么都没发生一样继续吃东西。我必须承认的是，那个时候我觉得他正在失去理智，或者说，面对理想与现实越来越大的差距，他其实早已经失去了理智。我把腿伸到了鲁迪那边，他却立刻移开了他的腿。妈妈提议喝点儿我们带来的新卡尼白兰地，于是我们给所有人都斟上了酒，为庆祝再次团聚而干杯。“除了特丽克西不在。”妈妈赶紧说，显然她为单独把特丽克西一个人留在家里让用人照顾而感到自责。这趟旅程对我们来说都相当辛苦，更别提对一个小女孩而言了，因此我们没有别的选择。“干杯！也为了这趟探险的结束！”比格尔小姐说。“不，不是结束，我们为探险的开始而干杯！”爸爸说完就一口喝光了杯中的酒，于是我们也都干了。我问鲁迪其他人都去哪儿了，他回答说几个星期前他们去蒂布阿尼淘黄金了。“那胡里奥·杜兰呢？”我问。他是脚夫头领，就是他送我和妈妈，以及五头扛着货物的骡子来到这里的。“他在休息。”鲁迪回答说。很难让他开口说话，尤其当我父母就在附近的时候。也许我们之间有些东西不如以前了。过不了多久我就要成年了，到时候就没有借口了。“你之后会做什么？”我问。“你是说我们回去之后吗？”他问我。我有点儿害怕地点了点头。“我会去不来梅待一段时间。”他心不在焉的回答让我觉得很受伤。原来人与人之间错过彼此是这么容易，原来失去一个人是这么简单。他变了这么多吗？还是，其实是我看他的方式变了？“我马上回来。”说完我起身走向一块空地。我希望鲁迪能跟着我出来，然后我会热情地吻他，就像电影里演的那样。好几个月里，我都幻想着这样的场景：我什么都不对他说，靠近他，然后用舌头、用尽一切去吻他。

几分钟以后，出现的人是莫妮卡。她问我好不好。我回答很好。“你呢？”“我也很好，只是很遗憾这一切都要结束了。”“还有一阵呢。”我回答说。“只剩下几天了。”说完，莫妮卡坐到我身边的一截树干上。在雨林里，有时树会自己倒下，随时都有生物灭亡。我们安静地坐着，不知道可以说什么。最近我可以仔细地观察她了。她被晒得很厉害，手臂上全是被蠓虫叮咬过的痕迹，除此之外她没有任何变化。她的精神反常有没有再次发作呢？她是不是已经坚定了要从事探险这个职业呢？她是不是一直都这么平静呢？“我不敢想象回到城里的生活，”过了一会儿，莫妮卡说，“这让我有时感到害怕。我现在这样的平静都是骗人的。”“你别这么悲观。”我说完，她勉强地笑了一下。“你真的不想参加下一次的探险了吗？”我问她。“不会再有下一次了。”“但是爸爸说这才刚刚开始。”“我不相信。不是说帕依提提会在陌生人面前隐藏起来吗？”莫妮卡笑着说。“妈妈很高兴能来，”我接着说，“她常常开玩笑说，她终于可以见一见她丈夫的办公室了，毫无疑问这是一间非常棒的办公室。”

回到帐篷以前，我们互相拥抱了一下，这也许是我们承认我们之间有很多差异的方式，也许同样是为了表达我们不知道该如何用言语表达的东西。

第二天，爸爸带妈妈去看那些遗迹，他坚持这样称呼那片地方。我决定让他们两个单独去，而我留在营地。比格尔小姐趁机向我展示她搜集的蝴蝶和蛇皮，黑的、绿的、深紫色的、深橘色的……有些美得让人觉得不可思议。“我最喜欢这个约罗马，”她说，“它不是毒蛇，更确切地说，不是所有的约罗马都有毒。我们已经不害怕它们了，甚至当它们挂在树上的时候。通常情况下，它们没有攻击性。对了，你看看这个。”她一边说，一边递给我一个小瓶子，里面装着一种鸟，一种我从来没有见过的鸟，它的翅膀上点缀着非常鲜艳的红色。“这是印加人的圣鸟，叫敦斯斯，”比格尔小姐说，“它们在这里已经生活好多个世纪了，你想象一下，它们亲眼见证了这里的覆灭。”“这是什么？”我指着另一个瓶子问。“子弹蚁。你爸爸拍摄到了一个很可怕的场景，成千上万只子弹蚁吃掉了我们一头走失的骡子。”爸爸和妈妈这个时候在森林里干什么呢？是在充满激情地亲吻对方吗？就像我想对鲁迪做的那样。正是因为这两个原因——为了让他们可以安静地亲吻，也为了让我可以有机会亲吻鲁迪，我才留在了营地。莫妮卡还在睡觉，到处都没看见鲁迪。“你毕业了吗？”比格尔小姐问我。“是的。”我知道她要继续问什么，因为从很久以前开始，所有人都在问我同样的问题，所以还没等她问，我就补充说我还不确定以后要干什么，但是也许我会去不来梅。“去不来梅？”她很好奇。“是的。”我没有继续解释。“我还有蜘蛛，”比格尔小姐说，“你想看看吗？”就像前一天爸爸讲起他的探险一样，此刻的比格尔小姐就像是一个长不大或者不愿长大的孩子。“你有多少岁？”我问她。

“二十八，”她看着我回答说，“怎么了？”“你从来没有结过婚吗？”我问她。她微笑着摇了摇头，嘴角扬起一丝微笑。“你担心这个吗？”比格尔小姐问。“怎么会，我怎么可能担心这个。”我回答。“你还很年轻，不应该为这个担心。”她继续说。“当然，我真的不担心。”我再次跟她表示。“在这里。”过了一会儿，她找到了几个装满甲醛的瓶子，几只不同种类的狼蛛被永远困在了里面。她一边给我展示，一边说：“很迷人吧？”“我想是吧。”我回答说，内心开始不耐烦了。“鲁迪呢？”“他和那个脚夫头领去其他营地拣装备了，”比格尔小姐回答我说，“很早就去了。”她应该在我脸上看到了什么，因为她问我想不想去河里洗澡。

“最近几个月一直都在下雨，”她一边脱衣服，一边说，“没有什么比热带的雨更让人意想不到了，总是突然间就开始下，但到最后还是会闷死人。”因为某些原因，这一次脱衣服让我觉得有点儿害羞。她已经在给腿和胳膊打肥皂了。不可避免地，我注意到了她茂密的阴部、小小的乳房和几乎透明的肌肤。几只蝴蝶围绕在我扔在一旁的衣服周围，不停飞舞着。“它们喜欢脏的东西，”比格尔小姐说，“谁能想得到呢？是吧？它们如此美丽，却最喜欢不干净的东西。”只是在刚下水的时候觉得水有点儿冷。比格尔小姐递给我肥皂，我用它擦满了全身。如果鲁迪看见我们会怎么样呢？哪个身体会更让他着迷呢？我的，还是比格尔小姐的？他们两个之间有没有发生什么呢？我一刻不停地想着他，渐渐地，变成了一种痴迷，变成了挥之不去的念想和脑子里的声音。“下次探险你会参加吗？”我问比格尔小姐。“我觉得没有下一次了。”她回答我说。“爸爸说有。”“如果有的话我就参加，但是我觉得没有了。”我们洗了脸和头发，觉得轻松了许多。我闭上眼睛，专心聆听雨林的声音，也想听听我自己的心跳声。回来的感觉真好，至少这几天是的。方圆十多公里都没有其他人，这样的感觉同样也很好。只有爸爸和妈妈在亲吻，或者可能也没有，我何必要自欺欺人呢？鲁迪和胡里奥·杜兰在清理以前那些营地留下的装备，莫妮卡在睡觉，数不清的生物在以自己的方式活着。为了不失去鲁迪，我最终会离家吗？莫妮卡也会离开吗？只有我们两个人的日子会是什么样呢？在她身边我会时刻觉得渺小吗？会不会觉得自己没她漂亮，没她聪明，没她幽默，没她有趣呢？

十多分钟以后，比格尔小姐问我认不认识莱妮。这个问题让我猝不及防。“莱妮·里芬斯塔尔，”她补充道，“你知道我说的是谁吗？”“我爸爸曾经和她一起合作过几部作品，”我回答说，“是她的摄影师之一，明星摄影师。”“我知道，但是我想问的是你个人认不认识她？”本来我可以问她为什么问起莱妮，是什么让她想起她的，但是最后我只是回答说："是的，但是那个时候我还是一个孩子。""你妈妈呢？"比格尔小姐继续问。"我妈妈怎么了？""她是莱妮的朋友吗？""不知道，你应该直接问她。"我一说出口就忽然意识到，我一次都没有见过她们两个人说过话。之后我们都沉默了。真想就待在那里，永远泡在水中。五分钟以后，我们穿好衣服离开了，我们得在其他人回来之前把午饭做好。

第二天一早七点，一切准备就绪，我和妈妈都已经知道了爸爸想取什么样的景。因为我之前就对相机和镜头有了一定的了解，所以一点儿也不紧张，但是妈妈非常紧张。那是一个非常重要的场景，几个月以来，爸爸一直都在为他的纪录片寻找一个精彩的结尾。他说，我们将要做的不仅仅是为了制作这个场景，也是为了揭秘这片土地，让它准备好迎接我们不得不推迟的真正的考古搜寻。

爸爸已经承诺六月初，也就是两个星期以后，把所有的影像资料都送到圣保罗。但是雨季仍未结束，胡里奥·杜兰对爸爸说至少需要三个月的旱季才能拍摄那样的场景。爸爸并没有准备等下去，因此他让我和妈妈带去了十桶燃油。他们把油桶打开，把燃油泼洒在山谷中，然后让我和妈妈负责把这一切都拍下来。他们从几个不同的地方点燃了火。火焰立刻就释放了巨大的浓烟，四处传来动物痛苦的哀嚎声。一群鹦鹉飞了起来，还看见了几只兀鹫。它们在空中盘旋，时不时地钻进火里，然后又立刻冒出来，爪子里抓着什么动物。一切都变得模糊起来，那是一个非常可怕的画面。爸爸给我们信号，让我们拍摄他们逃出火场的过程。所有人都很快地回来了，爸爸拿过摄影机继续拍些镜头，而其他人都开始庆祝这场巨大的毁灭。莫妮卡和比格尔小姐哭了起来，或许仅仅是汗水浸湿了她们的脸庞。我趁机拥抱了鲁迪，我第一次知道原来他也喜欢我，或者至少曾经喜欢过我。刚刚拥抱一会儿，我们就意识到风向变了，于是我们不得不加快步伐赶回营地。

脚夫们住的房子的一面墙壁着火了。鲁迪和脚夫头领立刻冲进去，把存放在里面的袋子都搬了出来。爸爸试图记录下这个时刻，他命令其他人带着所有能拿的东西朝河边跑。比格尔小姐抓起那两只鸡，莫妮卡、妈妈和我抱起睡袋和装粮食的口袋。大火吞噬了整座房子，又继续扑向我们就餐的区域。爸爸兴奋地让我和妈妈拍摄他和莫妮卡的画面，他俩把几个帆布口袋弄湿，然后盖住比格尔小姐存放标本的帐篷。我的姐姐好像并不怕火，她精准的动作让我很吃惊。此时传来一声雷响，爸爸、鲁迪和胡里奥·杜兰都望向了天空，所有的这一切都被记录下来。就好像是我们预先设计好了一样，一场暴雨突然从天而降，与大火抗衡。爸爸开始兴奋地欢呼，那样的疯狂甚至让我害怕得发抖。那一刹那，我害怕一切：害怕我们未知的，显然比已知的要多得多；害怕我们每个人的内心；害怕过去和未来。更让我害怕的是，我竟然这样地恐惧。但是我不能失败，我强迫自己集中精神。

镜头里只剩下爸爸，其他人都已经走开，安静地待在一旁。爸爸像中邪了一样大叫着，高举双手伸向天空。大雨淋湿了他的头发、胡须和衣服。“谢谢！”他大喊着，“你就在那儿！我看见你了！非常感谢！你这狗娘养的！”他完全没有意识到他是唯一一个仍然在庆祝的人。正好胶片用完了，摄影机停止了工作。

莫妮卡与其他人

你和一个与你父亲同名的人结婚了，但是你丝毫不觉得有趣。你的父亲并不在那里和这个男人握手，也不会拥抱你，不会通过这样的动作把你托付给这个即将要取代他位置的男人。在你自己的婚礼上，至少有那么几秒钟，你觉得你是这个世界上最孤独的女人。“所有的女人都会在她自己的婚礼上觉得孤独吧。”你这样想着，为了安慰自己，要么是为了解一下闷，或者两者皆有。只有特丽克西陪在你身边，这个下午，你的家人只有她。这样的简单让你心痛，但同时也让你觉得如释重负。直到不久之前，你仍然认为你是不会结婚的，婚姻不适合你。可是认识他仅仅几个月后，也许你相信了对于另外一种生活的承诺，于是在一个普通的星期六，你结婚了。

新婚之夜，他没能勃起。你第一次看到了他的裸体，他瘦削的身体，他又细又长的阴茎，以及腹膜炎手术留下的疤痕，看到这一切你没有任何的感觉。这样的洞房花烛夜是正常的吗？他带着失望、不耐烦、对你的敬畏，或者是对自己的恐惧，用男人温柔的手抚摸着你的全身，吮吸着你的乳房和脖子，笨拙地轻吻着你，但是他始终没能勃起，即使你抚摸着他的阴茎。你心里想他是不是还是处男，是不是他常和妓女鬼混，是不是事实上他并不喜欢女人，是不是他也不明白为什么结婚。你想象着你父母的新婚之夜会是什么样子呢。你从来都不敢想象他们年轻的时候，你觉得你的子女也不可能想象你。“你分心了。”你的丈夫说。他是一个少言寡语的男人，他知道如何从外部审视自己。这是你最欣赏他的地方，或许也是你唯一欣赏他的地方。与你到目前为止所以为的不同的是，你已经忘了如何那样做。你感觉到你离你自己太近了，从那里看一切都是模糊的。你说不，你不该离得那么近。

特丽克西帮你把你的东西和衣服搬到了你丈夫为你腾出来的地方。你的丈夫——一说这个词，甚至一想到它，就觉得奇怪，但是你在脑子里就是这样叫他的，因为他和你爸爸同名，这更让人觉得奇怪。你的妹妹还有两年就中学毕业，她已经不是一个小女孩了。她现在变得非常焦躁，还常常抽搐。你突然想到，定义她也许很简单：奇怪的女孩。难道这是她逃避伤害的方式？是她自卫的方式，以远离她无法理解的和伤害她的人或事？而你的方式就是和一个拥有一双温柔之手的富家公子结婚？其实也只需要一句话来概括你：为了逃避而结婚的女人？逃避什么呢？至少直到一年前，直到你妈妈病倒以前，难道你们的生活不幸福吗？你试图用婚姻来逃避这场不可逆转的衰退和结局？逃避与你父亲的疏远？既然你把你的东西放到了一个新的房间里，这也许意味着新的开始，另外一种生活的难以预料的开始，那你为什么不放松一点儿呢？你告诉特丽克西新婚之夜的事情，她只是笑了笑说："我不知道说什么。"于是你发现她比你想象中的要单纯。和她聊天让你觉得很舒服，她的出现让你很高兴。你问她是否在和某人交往，她摇了摇头；问她是否在考虑中学毕业后干什么，她笑着回答说："还有两年才毕业呢！"又问她是否知道海蒂和爸爸的消息，她又摇了摇头。几个小时以后，你们在门厅告别。"真可怜，你得怎样才能适应这里的奢华啊！"她笑着拥抱你。从门厅到大门三十多米的距离，你不知道你们走了多久。你一边陪她出去，一边想象着这座房子就如同监狱一般。

虽然你想尽一切办法避免和你的公婆住在一起，但是最后，你还是不得不和他们住上一段时间。他的父亲是一个很亲切的人，他的妈妈却总是对你很冷淡，让你无时无刻不觉得你不是她理想的儿媳妇，她希望她的儿子娶的是一个完全不同于你的妻子，一个更优雅、更恭顺、更知道好歹的妻子。你已经熟悉你的卧室了，还有储物间、客厅和厨房，但是你没有发现任何能引起你注意的东西，这座房子和住在这里的所有人都没有任何神秘感。而你，只带了很少几件有纪念意义的东西过来：探险日记、几封很老的信、几张照片，仅此而已。你尽量避免经常翻到它们，你最不想做的就是一直停留在那些已经不存在的地方，而照片、日记和信恰好就在提醒你，恰好就是那些地方已经消失了的证据。你本应该把它们束之高阁或者干脆撕了它们，这或许是让你摆脱所有过往的最明智、最必要的方式。但是你没有这么做，因为你还没有能力做这样的事情。你觉得也许你永远都无法做到，也许你只是想记得那些人是谁，但是也许连这也不是。每个夜晚，在和他的父母吃完没完没了的晚餐之后，你对你的丈夫说，这里的处境让你感到非常不舒服，你想立刻找房子搬出去。“什么处境？”他一边问，就像什么都没察觉到一样，一边在被子下面探索着你的身体，抚摸着你的乳房、脖子和双手，但是他仍然没办法让你兴奋，同样，也没办法让自己兴奋。没过多久，他放弃了，转而想着其他的事情，他的女人们、同性恋、工作。“就是这种处境，”你说，“我们结婚不是为了继续像孩子一样。”

因为这就是你在这个贫穷的国家里应该做的事情，因为你忍受不了待在他父母的家里，因为有时候生活与你期望的差距太大，你决定和莉罗塔一起为穷人建立一个收容所。你在拉巴斯上学的第一天就认识了她，那时候你只认识十几个西班牙语单词，是她帮助你在这里活了下来。于是，从那时候起，你们就成了好朋友，到现在已经五年了，虽然你常常想，说实话，你们两个都对对方一无所知。她还没有结婚，而且越来越胖，但是她不在乎这些。当你们两个决定要一起做这件事情的时候，她非常激动。你的婆婆和她的朋友们是做慈善的专家，她们可以指导你们。“这些可怜的老女人怎么可能会想去帮助其他人？”你一边听她们讲话，一边想，“在她们的生活中，这些人唯一在乎的只是自己优渥的生活，又是什么打动了她们，让她们有了同情心呢？只是为了装装样子吧？有些人装得太久，连表情都已经僵硬了？”接下来的几个星期，她们和各类企业家、商人、银行家和律师碰面，这些人都是德国人或者德国后裔，他们一起筹集了一万八千美元，其中五千美元是你的丈夫捐赠的。你对你的说服力感到震惊，指挥一切的感觉让你很兴奋。多亏你的坚持，两个月后，收容所开始运行了。这就是长大吗？自己做决定，对自己所做的和放弃的负责？承认你再也没有一个让你可关心的家？承认最重要的是眼前而不再是从前？二十一岁的你可以自称为成年人了吗？二十一岁的时候，你感觉到最后活着意味着你属于你自己，而以前所有的一切都只是一场梦？如果那是一场美梦，你又为什么试图忘记它呢？

每次开会前或者开会后，你都会和莉罗塔或者帮你们翻新房子的师傅一起散散步。你们常常一走就是两三个小时。你迷恋这座城市陡峭的街道，迷恋这里停留在时光中的殖民时期的风景，迷恋拉巴斯的上坡下坡：这一切都让你的心脏猛烈地跳动，提醒你它就在那里。有时候你们一直逛到五点，就像迷宫里的老鼠，或者像是着了迷一样，又或者像一名囚犯，只不过这一次不再是被关在家里，而是被困在城市中。你想着，你骨子里就是闲不住，你马上又问自己，你骨子里还有什么？此外，你越来越频繁地觉得，你的生活也可以只用一句话或者很少的话来概括：你是一个漂亮女孩，嫁给了一个根本就不了解你的富家公子；你是一个没有家的女主人，你是一个麻木的妻子；你和一个中学同学一起投身于慈善事业，以此来逃避内疚，找点儿乐趣，打发你丈夫频繁出差的时间（他是直接去了矿场吗？还是他有另外一个秘密的生活，可以解释他的不举和冷淡？）；你是老板们渴望得到的女人；你是自信的姐姐，你偶尔会去看看其中一个妹妹，而与另外一个完全失去了联络，事实上，你和她从来都不能和睦相处；你是一个已经失去母亲又总是想起父亲的女儿，一半的时间里你深深地恨你父亲，但是另一半时间里，你又一刻不停地、无条件地敬佩他、爱着他；你是常常和收容所里的穷人聊天的女人，你对他们的故事很感兴趣，但是有时又会被他们的故事压得喘不过气来，虽然他们通常都沉默寡言，那些男人和女人总是静悄悄地来，又静悄悄地离开；你一直是一个对自己一无所知的女人；你以前是一个抑郁的女人，现在几乎成了玻利维亚人。很明显，所有的这一切都很糟糕。

在德国人的俱乐部里，一场周日午餐聚会上，终于发生了一件有趣的事：莱茵哈德出现了，他是你丈夫之前失去联系的弟弟。他们一看就是一家人，但是他弟弟的脸庞更加精致，行为举止中带着年轻人的气息，这让他更加让人着迷。起初，所有人都非常热情地招呼他，就好像每个周末都看见他一样。你的丈夫介绍你们认识："我太太。"你听见他这么叫你，你厌恶他就用这样一个词把你介绍完了。你一边跟莱茵哈德握手，一边告诉他你的名字。那个场景很奇怪，尤其是他没有参加你们的婚礼，你不知道是因为他没被邀请还是他不想来。你的丈夫从来没有说起过他。“下次再说。”当你问你的丈夫为什么从没见过他的弟弟时，他这样回答。你没有再继续问，因为你并不喜欢追问。午餐时，刚一说起政治，谈话就立刻变得紧张起来。莱茵哈德批评民族主义革命运动以及他们的革命。他说给印第安人土地是不够的，让他们有选举的权利更不够。“让他们去选谁？”当你的丈夫质疑他的时候，他回答说，“难道去选那些白人剥削者吗？”他说，玻利维亚需要的是少点儿家长作风，以及一场真正的阶级对抗。他继续说：“一切正在酝酿当中。在场所有人，请诸位抓紧自己的位子和钱包，然后开始颤抖吧。”你从来没有听过有人竟然这样说话，他的话让你感到不安。你感到一阵强烈的眩晕，在座的人都以为那是你怀孕的反应。你知道你不可能怀孕，但是你没有反驳他们。你只说了句：“我想回家。”在车里，你的丈夫不停地抱怨。“如果你的家里有钱的话，共产主义者可真好当啊！”他说，“这当然太容易了！谁不是呢！”但是对于你的不适，他只字未提。

三天以后，你的那位小叔子出现在了那栋陈旧的大房子里，他高高瘦瘦，充满活力，长得也很英俊。收容所这个话题在德国人俱乐部的讨论中曾被提及。他的妈妈坚持认为这就是做事业的方式：只做，而不谈论做的理由。“有些人做事情就是为了其他人。”他妈妈说，并且以你和她自己为例。莱茵哈德一边继续学业，一边在一家医院里做兼职，那家医院离你的收容所只有几个街区。他告诉你，不管现在还是将来，无论什么事情，你都可以找他帮忙，不需要怀疑他的态度，他非常愿意帮助你。他还强调说，你可以告诉你的丈夫和他的父母，如果这会让你感觉好点儿的话。你问他想不想参观一下这里的设施，他好奇地接受了，那种好奇是你在你丈夫那里从来没有感受到的。当你给他介绍这个项目的时候，你意识到你对目前所取得的成绩非常骄傲，对还需要做的事情充满了期待。莱茵哈德仔细听着，偶尔会问几个问题。你介绍一些那里的穷人给他认识，他也会问他们问题，甚至还给其中一个做了检查，并告诉那人去医院找他，在那里他可以更好地诊疗。他怎么可能是你丈夫的弟弟？你心里想，怎么可能在其中一人身上看不出另一人的影子？半个小时后，他亲吻了一下你的手跟你道别，不是你想象中的那个吻，那个你一直期盼的吻，而是在这个国家里，所有人之间最平常的一个吻。

不久之后，你收到了你爸爸从西柏林寄来的信。他仍然很生气，因为你没有经过他的同意就结婚了。这个年代已经不流行这么年轻就结婚了。他潦草的字迹表露出他的愤怒。“那个探险家去哪儿了？”他问你，“莫妮卡。”当他叫你的名字的时候，你的心痛极了。你把那个曾经让他无比骄傲的女儿藏到哪儿去了？你把那个能够征服世界的、那个注定做大事的女人扔去哪儿了？你对他那个最有天赋的女儿做了什么？信的最后，他说，他本来对你期望很高。为了确认这句话真的就在那里，就在那张纸上，你把它读了一遍又一遍。你只用了几行字去回复他：幽灵父亲没有权利对他们女儿的命运发表看法，也没有权利帮助她们做出选择，而他一直以来就是那样的一个父亲，如果他什么都不了解，最好就闭嘴。马上就到晚上十点半了，你丈夫睡在你的身边，第二天一早他又要出发去矿场了。在一起已经半年了，但还是觉得很陌生，没有谁有能力解决这个问题。关于另外一种生活的诺言仅仅还是诺言。你在想你是不是受到了你爸爸的影响？几分钟以后，你撕掉了他的信以及你的回信，然后把它们都扔了。你回到床上，如同往常一样，你回忆起了那次探险。你也想起了你的母亲，想起了你父亲对她有多么残忍，想起了你父亲和比格尔之间的流言蜚语，想起了他们两个人对母亲的背叛，所有这些都让你心中充满了恨。当你认识比格尔的时候，她已经是爸爸的情人了吗？你能回忆起他们偷情的蛛丝马迹吗？你不停地在记忆中寻找，但是什么都想不起来。

比起一直以来可能发生的这些事，忽视，以及阻碍你看穿表象的轻信，更让你生气。你可以再读读那些日记，再仔细看看那些照片。在雨林中的那段日子正是最关键的。他们什么都没有找到，也从来没有到达帕依提提，但是同时他们又找到了太多，每个人都找到了属于自己的东西。不用千山万水，你父亲找到了比格尔，海蒂找到了鲁迪。可是你呢？之后的几个小时里，你脑子里一直围绕着这个问题。你呢？你呢？你呢？你听见你的丈夫醒了。你闭上眼睛，安静地躺着，就像睡着了一样，听着你的丈夫洗完澡，收拾妥当，出门。

在花园里

一九六〇年代从一开始就很怪异，既怪异又艰难，从那个时候开始，我每天要抽两包烟。

我抽烟是因为焦虑和无聊。

饭前和饭后我都要抽烟，睡觉前和起床后我也都要抽烟。

我抽烟，因为我觉得幸福就是抽烟，躺着抽，坐着抽或者站着抽，安静地抽，一边走路一边抽，虽然说真的我并不喜欢走路。真正喜欢走路的是莫妮卡，在这一点上，也只有在这一点上，我觉得她和妈妈很像，妈妈也总是找各种理由出门逛街。

一九六〇年代初的时候，妈妈已经死了快两年了，她死于癌症。在她最后的日子里，她非常痛苦，好几次求我们让她死吧。“让我死吧。”她总是不停地重复这句话，不管是睡着的时候还是醒着的时候。大大小小的肿瘤长满了她的肺、脊柱和肝脏。“让我一下死了吧。”

某天下午，当吗啡终于起作用以后，妈妈对我说：“想着待在这里兴许还好些，真觉得可笑。”我不太明白她是什么意思，但是我并不想追问。我们单独待在医院的一间病房里，在那里，她走完了人生最后几个星期。

在病房里，她常常求我让她抽烟，于是，我就在她身边和她一起抽。妈妈快要死了，我们在一起抽烟。

之后，为了不让护士发现，我会打开窗户换会儿空气，但是我发现她们通常什么都不说。

莫妮卡和海蒂有时候会来病房，她们都不能忍受这样的场景，因此一般待一会儿就走了。

我们一起逗妈妈开心。

我们一起努力忘记我们为什么会在这间病房里。

不重要。重要的是一九六〇年，在这个新的十年之初，这一次，轮到我要一个人独自面对了。那个时候，我努力回想妈妈的样子，但是想不起来。好几次她出现在我的梦里，和我长得一模一样。

我想，我就是她在这个世界的延续。

我们害怕虫子。

我们害怕人们的笑声。

我们需要经常抽烟，虽然我不再抽她最喜欢的阿斯托利亚这个牌子的烟，因为它会在嗓子里引起烧灼感。

如果我手指间没夹着烟，不能时不时地往嘴里递，我就会觉得很没有安全感。

我变得畏畏缩缩。

我变得更丑。

因此，我抽烟。为了在烟雾缭绕中占据妈妈的位置，因为我抽烟的时候更像她。

爸爸回欧洲待了很长一段时间，回来后不久，也就是妈妈下葬的几个月之后，他在玻利维亚东部的康塞普西翁附近买了一块地，然后就和那个比格尔一起搬了过去，去那里建造他们的庄园。海蒂去了相反的方向，她离开我们的生活，回到了慕尼黑。

我刚刚毕业，一个人住在我们在拉巴斯的房子里。我有几个月的时间可以休息一下。

我从来没有过男朋友。

我有女性朋友，虽然事实上并不是我真正的朋友。

我有姐姐，虽然事实上可能我也没有。

海蒂就更不用说了，尤其自从她和鲁迪在一起之后，他们有了第一个女儿之后。她坚持要我去看看他们，和他们一起待两个月。我可以帮忙照顾他们的女儿，他们也非常乐意支付给我一份优厚的报酬。才一年左右的时间，他们体育用品店的生意就已经走上正轨了。

一九六〇年四月，我为莫妮卡的收容所帮忙筹集资金。不久之后，我就开始上午在那儿工作。莫妮卡的丈夫为我在他父母的进口商品公司也找了一份下午的活儿。我开始在这里做着和妈妈几年前做的一样的事情。

那年年中的时候，经常爆发罢工，在波多斯的几个矿场甚至发生了武装冲突。这些都是莫妮卡告诉我的。她为这样的形势而欢呼，她说，为了进步，暴力有时候是必要的。那段时间，她常常陪她的那个小叔子去参加他们组织的会议，他们两个人成了朋友，他经常出现在收容所里。就是那些会议上，莫妮卡了解到她经常说起的那些事。

“我们不会袖手旁观，”她说，“我们有道德上的责任，我们必须粉碎这台恐怖的机器。”

我每天都能感受到我的两个姐姐在慢慢地改变。尤其是那一年的九月，当她们两人同时宣布怀孕的时候；海蒂是第二次怀孕了。

她让我发誓，当她的宝宝出生以后，我会去帮她的忙，我也开始觉得有这么一趟计划中的旅行也不错。辛苦工作几个月后，知道也许我会回到慕尼黑，在那里有床和食物，他们会付给我工资让我照顾我的外甥们，这都是我不拿工资也乐意做的事，不会觉得有什么负担。

就在那几天，爸爸要我搬到花园深处的那间小房子里。他想把大房子租出去，他需要钱去建造他那个名叫多罗罗莎的庄园。于是，莫妮卡来帮我搬家，就像几年前我帮她一样。

我们收拾了几件家具和三四个箱子。

这是我所有的东西了。

“我的东西更少。”莫妮卡说。

“这可不是真的，”我说，“你马上就会有一个孩子了。”

我们抽起烟来，顺便休息一下。

曾经有段时间，我这个姐姐常常向我吐露心事，给我讲关于她的那些事情。但是现在，越来越难知道她在想什么，她现在感觉怎么样。唯一清楚的就是她的婚姻并不幸福，因此，她的怀孕让我感到很意外。

“你过得怎么样？”为了打破沉默，我开口问她。

莫妮卡笑了笑，说挺好的。我试图在她的微笑中找到妈妈的影子，但是我什么都没发现。妈妈的影子到处都是，却唯独不在那个微笑里。

“已经有名字了吗？”我问。

“我才怀孕两个半月。”莫妮卡回答。

“没关系啊。”

“没，还没有呢。”

“你应该开始想啦。”

“特丽克西，”她说，“如果是女孩的话，和她阿姨一个名字也不错。”

她开玩笑地这么说，我却当真了。

“这样的话应该叫奥勒莉亚。”我说。

“很可能就是个女孩。”

“为什么？”

“因为我们家全是女人。”

“切。”我回答。

“是，这是真的。”莫妮卡说。

那是一个普通的下午，但是我突然意识到，我的搬家意味着一个时代的结束，也是另一个时代的开始，至少对我而言如此。那是一种很短暂的肯定，让我不安的同时又很高兴。我现在仍然记得，当时我在想：“我们终于不再是外国人了，在这里我们也有过去了，终于不再是异乡人。”

我把烟盒递给她。

莫妮卡拿出一支烟，点燃。紧接着，我也一样。

我们安静地抽着烟，看着花园，在那里，我们度过了这六七年中大部分的时间。

两个星期以后，也就是莫妮卡怀孕三个月的时候，她突然流产了。关于一九六〇年代，一九六〇年代初，我唯一记得的就是那件事情：莫妮卡的宝宝死了。我愿意相信，如果她成为母亲，后来发生的事情就不会发生了；我愿意相信，如果那个孩子没有死在她的身体里，让人痛苦的事情就会少很多。

不管怎样，这些都是没用的想法，仅仅只是假设而已。

II

死　人

“我的孙女跟我说起过诸位，”一九六七年十二月的第一个下午，一位老人一边在他家客厅里招待他们吃饭，一边对他们说，“我知道这不是各位真正的名字，我知道你们是谁，所有人都知道。我的孙女是城里一所学校的老师，她坚持要我帮助各位，她说你们是在为我们而斗争。”他们静静地听着。巴里恩托斯[①]悬赏五万比索要他们的人头，这些钱足够改变任何一个人的命运。他们知道给他们下陷阱是很容易的事情。“你们可以留在这里，你们需要休息。”老人对他们说。他差不多七十来岁，村子里的人差不多都死了，死亡的原因各种各样，有些人甚至不知道是怎么死的。“我和我的孙女会帮助你们的。”老人说。

晚上他们讨论到现在的局势。五个人中没有一个人怀疑老人的善意和他家有利的地理位置。

于是他们决定留下来。

---

① 巴里恩托斯（René Barrientos，1919—1969），1966—1969年任玻利维亚总统。

两个晚上以后，因蒂梦见至少有一百多名士兵把他们团团包围。“我们挖一条地道吧！”贝尼格诺说，“这些人会把我们都杀掉的。”“我可以干掉二十个。”乌尔巴诺说。这些士兵手里有迫击炮和机关枪，巴里恩托斯也在其中，他用克丘亚语在那儿喊着什么。“他说他数到十就会开火，”达里奥翻译着，他的镇定让人觉得不可思议，“他说他是以光荣的玻利维亚共和国最高领导人的身份说这些话的。”因蒂无法理解，老人从来都没有离开过房子，又怎么能去告密呢？当他在那儿冥思苦想的时候，听到了枪炮的声音。他的尖叫声把自己吓醒了。

达里奥在帮老人的孙女削土豆。他走进来时，他们两个都抬头看他，达里奥手里拿着刀，对他说他们要做玉米汤，喝了之后保证几年内都不会忘记那个味道。在他身旁的女孩听完就笑了。那三个古巴人——乌尔巴诺和崩波，在院子里帮老人耕地，贝尼格诺在放哨。因蒂在远处看着他们，没有人发现他的存在。已经早上七点了。“你为什么不叫醒我？”刚一进屋，因蒂就责备达里奥。“你需要休息。”达里奥回答。剪了短发，剃了胡须，他看起来年轻了几岁。但是他这个样子看起来很奇怪，所有的人都看着很奇怪：他们和大街上的人看起来并没有什么区别，即使每个人都很憔悴。饥饿和战争已经持续了好几个月，他们失去了太多的东西，这些都从他们的脸上表现出来。如今，重新回到正常的生活，恐惧隐藏了起来。几个月以来，因蒂一直做着同样的噩梦，每次正当他梦到暴力即将发生的时候，他就在自己的尖叫声中惊醒了。他去找他的日记本，想把这段静止的时间记录下来：战争仍在别处进行，活人与死人之间的战争，但更多的是活人与活人之间的战争。

在那个住着五个男人、一位老人和他孙女的小房子里，沉默一直笼罩着所有人。因蒂是最安静的一个，他觉得尤为庆幸。

最近的邻居住在七公里以外的地方。“村子离这儿有多远？”在前几天的某个晚上，崩波问。“十二公里，”老人说，“从那里有去圣克鲁斯的公路。”“肯定都是士兵，”贝尼格诺说，“我们必须从丛林突围。”“但是印第安人不站在我们这边。”乌尔巴诺说。“那又怎么了？”贝尼格诺回应道。他们用了几个星期才冲破了在拉伊格拉的包围。敌人撤军的时候，他们只剩下九个人，最后的九个人，但是突围的时候又死了四个。正是因蒂指挥了那场突围，他现在一句话都不说。不远处，那个女孩一边织布一边看着他们。乌尔巴诺和崩波很难接受现在是一个玻利维亚人在领导他们，一个基本上不说话的玻利维亚人，但是他们知道，他们必须服从。“我们明天再继续讨论吧，”最后，因蒂终于说话了，“现在已经很晚了。”

一个小时后，他仍然醒着。嘈杂的呼吸声伴随着呼噜声，在山里算不了什么，但是在这个狭小的空间里却让人很烦躁。四周漆黑一片。为了尽快入睡，他想起了他在厄马莫雷的兄弟科科。他的第一份工作是抓鳄鱼。在那个年代，一切都好像充满希望：他们两个人已经准备好要去远方，出人头地。他想起了河流的欢快和科科爆炸式的笑声。两年过去了，在拉巴斯，他们在工厂的工会里相遇了，没过多久他们都加入了同一个政党。他试图想象他的呼噜声来催眠自己，想象着第二天醒来时科科就在那里。但是一直到了半夜，他不得不承认这样做根本没用。

他悄悄地走出去，一会儿就走到了放哨的地方。达里奥正抽着烟，他坐到了达里奥的身旁。不一会儿，达里奥开始犯困了，因蒂让他去休息。“我都不知道欠你多少了。”达里奥说。“你什么都不欠我。”因蒂回答。冷风让他更加清醒，独自待在屋外也让他更加没有睡意。

他在酝酿一个计划，接下来的时间正好可以好好想想计划的细节。几个月以来，他终于第一次可以把思绪抽离那里。他的身体没那么虚弱和疲惫了，也恢复了些元气，不久之后，所有这一切都将成为他梦的一部分，他想着。一个可怕的噩梦，但是最后他们都逃了出来。

两个星期以后，周围都是汽车的喇叭声、混杂在一起的各种说话声以及从商店音响中传出的音乐声。空气里有炒杂碎、糕点和玉米糊的味道。四周一片嘈杂。

只有因蒂和崩波在那儿，其他人待在老人的家里等候消息。他们必须协调营救计划，但是目前最重要的是保证自己的安全。两个人打扮成印第安人的样子，穿着草鞋，披着彭丘①，戴着带耳帽。在因蒂一个人潜入市场中心以前，他告诉同伴，一定要避免引起其他人的注意。这一切都是科科再也看不到的东西，因蒂一边想，一边穿梭在全是行人的走廊中。那些商店里的人不停地对他说会给他打折，让他进去随便看看。“进来看看吧，老板。我们有香水、手表、装饰品，所有你需要的东西我们都有。”世界依然继续运转，这样的事实让人很难接受。他快步往前走，避免看到任何人，心里想着如果被人认出来该怎么办呢。他已经五十个小时没有睡觉了。就如同在那些最糟的时期，肾上腺素支持着他继续前进。

在某处空地，他们换了衣服，把不再需要的武器和衣服藏起来，然后走进一家餐厅，轮流上厕所。一切都让人觉得很奇怪：坐在马桶上方便，看到镜子里的自己，牙膏刺激的味道，

① 彭丘（poncho）是一种用羊驼毛织成的披风，是安第斯山区印第安人的传统服装。

以及刮胡刀贴在皮肤上冰冷的感觉。他们是从另一个世界回来的死人，是不再畏惧死亡的死人。

吃过早饭，他们找了劳埃德航空公司的一个售票点，买了去科恰班巴的机票。公路都被军队占领了，天上应该还没有。四个小时以后，他们登上了飞机，飞机上还有几名军人。他们坐到离那几名军人很远的座位上，假装睡觉。没有武器在身上，他们完全没有安全感；没有大山在他们四周，他们觉得自己成了全世界最容易的枪靶。没有人注意到他们。

因蒂在拉阿罗马的一个公共电话亭里给党里一位老同志打电话，崩波在街对面的角落里等着，他安静地站在一个玻璃橱窗前，因为那里能够让他精神集中。没有人接电话，他又打了另外一位同志的电话。一个小女孩向他问好，他问她爸爸在不在。“他不在，”小女孩回答，“您是哪位？”“你妈妈呢？”因蒂又问，他努力保持镇定，一边用余光观察街上的情况。崩波在远处揉着眼睛。因蒂不知道看见他到底是让自己更镇定还是更紧张，崩波黑色的皮肤让他很显眼。“您是哪位？”小女孩又问。“我是马努埃尔·斯尔瓦。”因蒂回答。几秒钟以后，他听到了一个女人的声音。“你已经出院了吗？”她问。“是的，我刚刚出来，我想去看看你们。”“我丈夫现在不在，”那个女人说，“你六点的时候再打过来吧，那个时候他一般就会下班回家了。”“好的。”因蒂挂断了电话。他走在大街上，他知道崩波就在另一边跟着他。

街上来来往往，只要十几个人就可以帮助他们伪装起来。应该保持镇定，那些当兵的以为他们仍然在山里。当然他们也没全错，乌尔巴诺、贝尼格诺和达里奥仍然在那里。走了几个街区以后，因蒂又在一个电话亭前停了下来。他再一次拨通了第一个电话号码。响了五声以后，他听见了那位老同志的声音。“我是马努埃尔·斯尔瓦。”因蒂说。电话另一头沉默了几秒钟后，终于问道：“马努埃尔什么？”“马努埃尔·斯尔瓦，我刚出院，”因蒂回答，“我做了扁桃体手术，不是很严重。”电话另一头什么都没说。“我想去拜访一下你。”因蒂继续说。

一个半月以后，多亏智利社会党的直接帮助，三个古巴人得以返回他们的国家，在那里受到了英雄般的欢迎。另一方面，达里奥觉得待在那里也许会很幸福，于是他决定留下来和那位老人以及他的孙女一起生活。现在轮到因蒂离开了。

最后的一段路注定不容易，但是他和最初一样坚强，无所畏惧。和另外两个被追捕的学生一起，他们坐车到达了大山跟前，然后徒步进入安第斯山脉的深处。在一片冰雪的世界中，他们很快就迷路了。三个小时以后，另外两个人已经筋疲力尽，他们的四肢开始变得僵硬。因蒂强迫他们继续前进。“加油！该死的！”他不停地叫喊，“我们就要到了。”他对他们大吼着，更是对自己。

当他们到达第一个村子的时候，几个智利士兵前来迎接他们。他们比玻利维亚军人更加训练有素，当天就把因蒂他们送到了圣地亚哥。两个学生不得不紧急入院治疗，他们都失去了几个脚指头。

接下来的几个星期，因蒂去了布拉格和莫斯科。最后，在六月中旬的时候，也就是切·格瓦拉刚好死了八个月以后，也是和切一起深入到大山里的十九个月以后，因蒂到达了哈瓦那。

在那里，他们会重新组织起来。

战斗才刚刚开始。

莱茵哈德

是的，一九六四年八月我去弗里堡学习外科，在那里，我得到了非常好的奖学金。有些人觉得这意味着背叛，但是那个时候我拥有的选择很少，而这无疑是其中最好的一个。

是的，我几乎立刻就开始了双面生活。白天，我去医院履行我的义务，那是一份非常繁重的工作，尤其是与手术本身相关的。死亡变成了每天都要面对的事情，平均每四台手术中就会有一台结果不尽如人意。一回到我的小公寓里，另外一种生活就开始了，它很大程度上取决于从拉巴斯收到的消息，那个我魂牵梦萦的城市，那个我不知道会不会回去的城市。

是的，朋友们在信里告诉我的事情，我没有跟任何人提过。有几次，莫妮卡求我帮她翻译一些演说。我一般都是晚上做那些事情。我做那些事不是出于真正的信仰，而是出于对她的忠诚。然后，按照她告诉我的，我把这些翻译寄给了一些人，他们都是一个与拉美保持着密切关系的组织的成员。但是翻译上面没有署我的名字。

是的，我有时会和医院的护士，和一个病人的妹妹，还有在酒吧里认识的女人们上床，甚至我以为我爱上了其中一个女人。但是毫不夸张地说，最终，我脑子里最常出现的人还是莫妮卡。那个时候我二十六岁，然后很快就到了二十七岁、二十八岁、二十九岁，我只能通过做爱来紧紧抓住那些已经不再属于我的东西。和那些女人保持亲密关系让我拥有安全感，但是几个小时后，我又总是让她们离开。怎么可能一个从来不属于我的女人却总是浮现在我的眼前，我不明白。但是莫妮卡总是出现，看着我和其他女人做爱，审判我虚伪的温柔，评判我的欲望，以及我的欲望是否得到满足。所有的女人，无一幸免都被我拿来和莫妮卡比较。我习惯每天晚上都要喝一点儿威士忌，只有它才能让我恢复平静。

是的，在那个时期，拉丁美洲的好几个地方都发生了零星的革命，阿根廷、哥伦比亚、委内瑞拉、秘鲁，但是没有一个能够发展壮大。自从玻利维亚的游击战失败以后，一切都越来越糟，我收到的消息越来越让人心痛。我知道了，多多·金塔尼亚下令砍下了切·格瓦拉的双手，并把它们寄到了古巴，以此来证明切的死亡。这对于格瓦拉的追随者来说是完全不可饶恕的罪行。我知道了，四名曾经和他一起战斗的游击队员成功逃了出来，另外一个留在了山里，因为他爱上了一个印第安女人。我知道了，一段时间以后，他和他那怀有六个月身孕的印第安老婆，还有他的老丈人都被残忍地处死了。我知道了，巴里恩托斯死了，有人袭击了他乘坐的直升机。我知道了，因蒂，这个最终唯一幸存下来的玻利维亚人，他回到了拉巴斯，试图在那里重新召集队伍。我知道了，现在莫妮卡就是和他在一起工作。我很快就能拿到学位了，我实习的医院也让我留下来工作。拉巴斯得继续等待了，现在还不是回去的好时候。最后，我知道了，她要来欧洲几个星期，还想见见我。

是的，很难认出她。她留着短发，外表坚强了很多，但是最大的变化应该是她的眼神：她的眼睛里不再有暖意。我们朝我喜欢的一家餐厅走去，我们很努力地找话题聊，一起回忆几个共同的朋友。永远都是一样：一些人过得很好，另一些人不太好。我问她会不会去慕尼黑看海蒂。她说她已经很多年没和她联系过了。她说这样更好，而我总是不经意地想起我的哥哥和我的父母。她说她甚至不知道海蒂是不是还在那里，也没有其他人知道。

是的，我们吃晚饭的时候，莫妮卡滴酒不沾。整顿晚餐，我觉得她更注意周围的环境，而不是我或者我们的谈话。她观察的同时，也仔细监听周围的一切，留意任何危险的信号。没有任何危险，至少我没有察觉到。

是的，在回公寓的路上，她告诉我，一些重要人物也加入了他们的战斗。几天以后，没有走很远，就在边境的另一边，她找到了那个意大利编辑费尔特里内利。我现在仍然记得，当时我在想，只是给钱真的太容易了，不需要亲身战斗也真的太容易了。

是的，在我家客厅里，她终于放松了一下，那个我认识的莫妮卡时不时又出现在我眼前。那么多年，那个我一直魂牵梦萦的女人，那个一直陪在我身边的女人。通过一些零散的细节，我了解到她在国民革命军里的重要地位，那是切·格瓦拉在几年前创立的部队，现在是由因蒂领导。我了解到她深爱着因蒂，一听到她的声音，我就知道，比起她曾经对我的爱，她对因蒂的爱要多出十倍、千倍，甚至百万倍。我了解到，她觉得她终于在这个世界上找到了一个地方、一项任务，能够赋予她生命的意义。我了解到，岁月并没有白白流逝，她已不再是那个善良的年轻女孩，而是变成了钢铁般的战士，现在来到欧洲联络其他组织以及筹集资金。我了解到，我不可能不清楚，现在我成了局外人，从外面往里看会让人害怕。

是的，不管怎么样，到了深夜的那个时候，我本来应该理所当然地把莫妮卡脱光，吮吸她的乳头，吻遍她的身体，但是我意识到我们那个时候的关系已不再和以前一样，我连试都不想试。凌晨三点左右，她睡着了。我给她盖上一条毯子，然后回到自己的房间。那个我此生曾经最爱的女人，那个有关她的记忆一直折磨我多年的女人，那个让我内心永远觉得龌龊的女人，就睡在我家客厅的沙发上，却成了一个陌生人。

是的，当我醒来的时候，她已经不在那里了。她没有告别就离开了。

是的，当然，从此我再也没有见过她。

我们的爱情

我们三姐妹的爱情都没有一帆风顺，我想所有人可能都会这么觉得。到最后，没有一个人的爱情有美好的结局。

甚至连海蒂的爱情也是如此。她和鲁迪有四个孩子，他们的店生意兴隆，开了好几家分店。十几年间，一切都显得很完美，或者说几乎完美。对于他们而言，那应该是缓慢的变化，但是对我而言，就像是一桶冷水。鲁迪对她说他想开始新的探险，他过够了安逸的生活。她对他说，他想做什么就去做吧，但是必须考虑清楚，因为他不能回头。

海蒂在信里告诉我，她仍然爱着他，虽然他背叛过她几次（但她不在乎，性是她最不在乎的），可是她没有准备好去重复妈妈那样的生活。

她说她不害怕独自一人，因为她还有四个孩子，她永远不可能一个人。但是，有时候她会觉得生命太长了，而可悲的是我们又离得那么远。

我曾经和他们一起住过几个月，那个时候他们过着让我羡慕的生活。海蒂看起来容光焕发，尤其是她和孩子们以及丈夫在一起的时候。甚至，起初听到她经常那样笑，我还感到奇怪。

一天晚上，当她去哄孩子们睡觉的时候，鲁迪对我说："你们不知道你们的父亲是个怎样的人。"

"你指的是什么？"我问。

"你们什么都不知道。"他又重复了一遍。

我什么都没说。

"他是一个伟大的人，"他说，"他是这个国家最好的摄影师之一，也是最一流的探险家。"

"但是他从来都不是一个模范父亲，"我说，"也不是一个好丈夫。"

"这个，你不可能知道。"鲁迪说。

我比谁都清楚。我仍然记得妈妈无尽的等待、摇摆不定的幻想，还有她最终的绝望。我不会偏袒任何人：我也记得在以前那些美好而平静的日子里，那个时候的妈妈。我仍然记得她那蹩脚的西班牙语，不管在哪儿，都能让我笑死过去。

就是在那里，比如，就在鲁迪的面前，在他家客厅里。

"什么？"他问。

"没什么。"我回答。

海蒂回来之后，坐到了他的大腿上，我又开始羡慕她，羡慕他们两个人。但是几年以后，他厌倦了。

你希望你的姐姐们一切顺利，但世事不总是如此。

你希望你自己一切顺利，这几乎是不可能的事情。

我在那里的时候，除了去看望过几次住在乡下的祖父母，在慕尼黑我谁都不认识。整座城市就像移动中的博物馆，不断地给我惊喜，但是这样的热情只持续了几个星期。然后，我开始怀念拉巴斯的混乱，我在那里的生活。

在那么多年里，那儿的生活一直都很简单，我离开了几个月去照顾鲁迪和海蒂的孩子，当时他们还只有两个孩子。尤其从那里回来以后，我的生活更加简单了。

我工作。

在收容所里，在它没有被关掉以前。

在进口商品公司里，当莫妮卡和汉斯的关系开始恶化之后，我辞掉了那里的工作。最终，他们甚至都不睡在同一个房间里，对于一段充满谎言的婚姻来说，这样的结局来得太缓慢了。

她现在是某个团体组织的成员，从某一刻起，她开始只谈论那些。她想让我也加入，但是我对政治完全没有兴趣。我不感兴趣，是因为生存已经耗光了我所有的力气。莫妮卡还没有和汉斯离婚，虽然他们现在的关系很糟，但是她还不用为生存担心。

但我现在说的是海蒂和鲁迪。最后，他搬出去和一个二十多岁的肯尼亚女人住在一起。至于他的探险，自从第一次尝试失败以后，他再也没有动身。我想，他终于意识到，他唯一还能探索的只有性和爱了。

房子和两家分店归海蒂，生意维持得不错，偶尔她还会寄礼物支票给我。

她好像也会给爸爸寄。因为有段时间，他让我暂时把工作放在一边，陪他去进行新的探险。他想穿越整个拉丁美洲，同时制作一部纪录片。他需要我来驾驶他租来的面包车，为此，他会支付给我一笔钱，比我工作挣的要多得多。他会用海蒂给他的钱来支付我，海蒂同意资助他那个荒唐的计划。

“但是这部纪录片是关于什么的呢？”我问。

“关于我们穿越拉丁美洲。”他说。

“我不想出镜。”

“那你就别出。”

“为什么比格尔不去？”

“她想趁我出去，去拜访她的家人。”

“我驾驶技术可不好。”

我们在电话里聊着，他从康塞普西翁给我打来电话。他住在那附近，在多罗罗莎，那个他修建的庄园里。

“这不重要，”他说，“不要再找借口了。”

一个月以后，我们出发了。三个星期以后，当我们穿越一条河流的时候，发生了车祸。爸爸失去了他所有的录影资料，而我也断了一条腿。那是他摄影事业的终结，自从那天以后，他再也不想摄影，也再也不想拍照了。他说，那起车祸是一个信号，我们不应该忽视信号，他的人生就是如此了，没有什么好遗憾的。有段时间里，我拒绝和他说话。

我们曾经没有办法进行真正的谈话，此外，他不允许我在他面前抽烟，他说抽烟有害健康。很长一段时间，我没有再依靠他。有能力一个人活着，是我最大的成就。

一九六〇年代末，海蒂是四个孩子的母亲，一个被抛弃的女人。我没有认识任何人。终于，莫妮卡摆脱了她的丈夫，之后，她的情况更糟了。听说，她和一个游击队员住在了一起，她从来没有跟我介绍过他。在我知道他们关系的几个月后，我在报纸头版上看到了一张很大的那个男人的照片，一张充满悲伤的照片。虽然关于他，我知道的并不多，但是我立刻意识到他是谁。我认出了他的名字，我记得在某次聊天中，这个名字曾经出现过。他是她最后一个也是第一个爱人。

新闻里说，在一次与安全部队的残酷战斗中，他没来得及扔出手中的手榴弹，被当场炸死。鉴于当时的情况，他的遗体被立即掩埋了。

我看着那张照片，至少看了十分钟。他是一个很英俊的男人。新闻里说，他有孩子和妻子。

我想知道他在莫妮卡生命中的地位，想知道她正在经历怎样的痛苦。我花了十天的时间找到了她。

一看到她，我就证实了一切。

她看起来伤心欲绝，我从来没有见过她那样。

我抱着她，对她说，我也很难过。

我还对她说我很担心，因为当他死的时候，她可能正和他在一起，我说这一切已经够了。

“当他们杀他的时候。”莫妮卡一边挣脱我的手臂，一边生气地纠正我。我什么都没说，于是她又重复了一遍：“当他们杀他的时候，特丽克西。”

“报纸上说是他自己的手榴弹爆炸了。”我反驳道。

“他们用枪托打碎了他的脊柱，然后打爆了他的头，”我姐姐说，“在几天时间里，你明白吗？他们用棍子打烂了他的屁股。如果你什么都不知道，最好闭嘴。”

“对不起。”我说。

“不用对不起。”

“对不起。”我又重复了一遍。

几个星期以后，她又启程了。

我要说那是我最后一次见到她。

多罗罗莎

去那里不是一件容易的事情。

从圣克鲁斯，要在公路上开四个小时的车才能到康塞普西翁，从那里又得开三个小时的烂路。

她一边开车，一边听广播。她的肩膀和脖子痛极了，甚至连睡觉都没办法让她放松下来。此外，她现在已经不能连续睡上三个小时。她常常梦到不好的事情，经常大喊着或者哭着醒过来。因蒂也一样，这是他们走到一起的原因之一。冷水澡能够帮助她重新回到这个世界。然后她做会儿运动，吃点儿东西，就开始工作了。写信，安排会面，思考新的筹款方式。她爸爸知道多少关于她的事情呢?

半个小时都没有遇见一辆车，看来这次她不需要使用假证件了。她想到了上个星期的伤亡。瓦米尔、米格尔和胡安在科恰班巴受到阻截，发生了一场小的战斗，直到她把子弹打光。胡安最后成功逃脱。瓦米尔求米格尔在那些士兵折磨他们之前把她杀了。米格尔明白她是对的，于是对准她的心脏开了枪。听见走廊里士兵们的声音，米格尔也对着自己开了枪。他最后没有死，第二天他给媒体这样讲述了战斗的经过。莫妮卡不明白他们让他做出那样的描述是为了什么。是为了显示极端分子的残忍？瓦米尔是在民主德国接受训练的委内瑞拉人，而米格尔是乌拉圭人。两天之后又报道了胡安死亡的消息。他们说他自杀了。她不想去想象他们在杀他之前对他做了什么，逼他说了什么，也不想去想象他们会逼米格尔说些什么。

有告密者。只有这样，他们才会被找到；也只有这样，那些人才能在十一个月以前找到了因蒂。有时候，敌人离得比你想象的要近。他慢慢消失，然后伪装成自己人，伪装成你最忠诚的战友。在他开始新的屠杀之前，必须学会及时觉察。最近几个星期，在另外一个阵营内部也发生了杀戮：报纸《今天》的经理和他的太太，还有巴里恩托斯政府的一位前部长。两名记者开始评论玻利瓦尔和维尔斯特之间的一场足球比赛。让她一直感到震惊的是，虽然这个国家积聚着如此多的恐怖，却仍然继续运转着。

她看了一眼一边的后视镜，然后又看了另外一边。

她估计一点左右能够到那儿，还要开两个小时。去那里真不容易，比之前想象中的还要困难。

“一切都会好的，”莫妮卡想着，“最后，一切都会好的。”

她爸爸和两个男人在一起，在他身边，那两个人显得很瘦小，就像两个孩子一样。爸爸的房子建在一座小山丘的山顶上，她站在房子的大门口，远远地看着他们。爸爸使劲地挥舞着双手发出指令，另外两个人听从他的指挥。他们在清理一块面积很大的土地，现在，有一棵树给他们带来了不少麻烦，他们正试图推倒它。

这应该是一个理想的地方，与世隔绝，周围地形复杂。她正在思考的时候，爸爸看见了她。他一动不动，直到确认了自己看到的是真的，才迈开大步跑向她。一跑到跟前，爸爸就本能地紧紧抱住了她。

他们在厨房里闲聊：比格尔还在欧洲；她自己终于办理了离婚；她有很长一段时间没有见到特丽克西了，他也是。最后，为了避免愈渐尴尬的气氛，莫妮卡为没有提前通知他道了歉，然后又问他可不可以在那儿待几天。“你在这里想待多久就待多久。”爸爸回答。

他看起来很不错。他不久前刚满六十四岁，虽然头发和胡子都变灰了，但他看起来比实际年龄要年轻很多。他带她去参观他的家。非常宽敞，而且她很惊讶这里竟然被打理得井井有条。更让她惊讶的是，客厅的一面墙壁上贴满了老照片。爸爸从来都不是一个怀旧的人。她很高兴，因为她遗传到了这点。

“他们在外面干什么？”

“一条着陆跑道。我们得腾出很大一块地，然后把它压平，画标记。”

“为什么？”

“要做标记是因为……”

“不是的，”她打断了他，“为什么要建一条跑道？”

他们用德语聊着，他们之间一般都是用德语。

“啊！”他说，“我要把我的产品卖给一家出口公司。他们出价要高一些，但是条件很严格。跑道可以改善这里的交通。”他很骄傲地继续说：“另外，几个朋友偶尔会驾驶他们的飞机来看看我。不用走远，将军的庄园就在附近。”

“是上校。”莫妮卡纠正他。她不知道原来他们是朋友。

“你吃午饭了吗？”

莫妮卡摇了摇头。

在他身边，她不再感到拥有控制权。她的力量在缩小，顷刻间，她就年轻了很多岁。三十二岁的她又变成了少女，一个不知道该做什么的小姑娘。她必须分析这些信息，她知道也许多罗罗莎没有她想象中那么安全。

她看见他走到露台上，喊了几声一个人的名字。马上就来了一个矮小的女人，她长着瓜拉尼人的样子，很恭顺地向爸爸问好。

没有比这种奴役关系更让莫妮卡觉得不舒服的了。这样的奴役，正是她一再宣扬必须与之抗争的东西。

“你能给我女儿做点儿什么呢，哈辛达？”

“一切小姐想吃的，汉斯先生。”

“你想吃什么？”爸爸问她。

“随便什么，”她回答，“最简单的就可以了。”

下午，他带她去参观他的土地。他种了大片的玉米，养了几百只奶牛、母鸡和山羊。一路上，他们只遇见了五个工人。她问这些工人是不是住在那里。他回答说他们的房子在东边。西边也都是属于他的，除了一片野生植被以外什么都没有。他一共拥有两千公顷土地。让她吃惊的是，爸爸一个人做到了所有这一切，他的改变竟如此彻底。

他们走了好几个小时，几乎没有任何交流。就好像又一次回到了雨林里，远离这个世界，远离发生在这个世界的可怕的纷扰。客厅里的一张照片给莫妮卡留下很深的印象，她已经不记得那张照片了，也从来没有过那张照片。照片是在探险要结束的时候照的，当海蒂和妈妈来找他们的时候。照片里，她们三个都在，还有比格尔、鲁迪和爸爸。她想不起当时他们的表情以及照片的背景。

一回到家，她就立刻凑过去仔细观察那张照片。他们是探险者，但是更像游击队员。所有人看起来都很满足，除了爸爸，他是唯一一个没有笑的人。在那段旅程中，她曾经毫无保留地敬佩着爸爸：他的勇敢，他的意志，他的激情。

“这是我最爱的照片之一。”莫妮卡听他这么说。

她转过身看着他。那次探险已经过去十二三年了。有时觉得已经过去三十多年了，有时又感觉才过去几年而已。

“准备吃晚饭了吗？”

莫妮卡笑了。

“笑什么？”爸爸问。

“我才刚刚吃完午饭呢。”她回答。

“已经过去几个小时啦。”

“我挺好的。”

“我看你已经筋疲力尽了。”

“我挺好的。”莫妮卡又重复了一遍。

“我指的不是吃饭，”爸爸说，“我从来没有见过你这个样子。哈辛达已经给你收拾了房间，你快去休息一会儿吧。”

她去汽车里拿她的背包，顺便取出藏在座椅下面的手枪，回到房间，把它藏在枕头下面，脱掉靴子。睡觉之前，她还做了一会儿运动。

七个小时后，她睡醒了，已经有很多年没有一次睡这么久了。为了确认自己睡了这么长时间，她看了好几次手表。不一会儿，不知不觉，她又睡着了。

早上七点半，当她走出房间的时候，爸爸已经在餐桌旁等着她了。一听见她来了，哈辛达就从厨房里端出一杯橘子汁，又问她需不需要燕麦。拿来燕麦之后，又问她鸡蛋想怎么吃。他们吃早餐的时候，好几次她都分了会儿神。她看着墙上的照片，他们的生活都浓缩在这十八张或者二十张照片里。

“昨晚我试图叫醒你吃晚饭，但是根本就叫不醒你。”爸爸说。

他努力表现出体贴。他们的关系总是时好时坏。有一些日子，他们之间几乎不说话，比如当莫妮卡结婚之后，又比如当爸爸和比格尔的关系合法化之后，但是也有一些时候，他们的关系非常亲密。

莫妮卡问起了比格尔。

“她很好。”他回答。

“你们还在一起吗？”

过了几分钟，爸爸回答说他不知道，比格尔已经三年没在他身边了。每十五天，他们会通一次信，偶尔打打电话，目前他们还没有计划再相见。

“你呢？”爸爸问。

追问私密的事情可是很危险的。

莫妮卡想起了因蒂。她想起了在哈瓦那刚认识他的那些日子，想起了他们曾在一起散过的步、聊过的天，以及畅谈过的理想。和她在一起，因蒂不再是其他人眼中那个少言寡语的男人。

“我单身。”莫妮卡回答。

“你的丈夫不是一个坏人，但你们不是一路人，”爸爸说，“我从一开始就知道这段婚姻走不下去。”

哈辛达的出现拯救了他们。她微笑着收拾盘子，其他的事情都与她无关，甚至片刻之后她就开始在厨房里唱起歌来。

爸爸有一些事情要去处理，中午才会回来和她一起吃饭。一个人待着常常意味着陷入混乱之中，目前，莫妮卡很害怕这种状态。她决定出门去仔细地探索这片土地。

“这里都是这么安静吗？”她回来的时候问哈辛达。

“比这儿更安静的地方还没有。”哈辛达回答。

“你住在那些白房子里吗？”

“是的，我和我的家人住在那里。小姐，我在做牛肉香蕉饭。您喜欢吃吗？”

“我怎么可能不喜欢呢。”莫妮卡回答。

回到房间后，她试图集中精神，但还是不行。不到一天的时间，城市和战争就消失了，这里好像是另一个世界。敌人钻进你的大脑里，试图说服你斗争没有任何意义，并且让你相信你可以放弃战斗，忽略最重要的东西，回到你以前的生活里。她很痛恨自己这些毫不严肃的想法。

为了抵御这些思想的侵蚀，她想起了因蒂，想起了他几个月的逃亡，想起了他所做的决定。关于敌人圈套的消息让她充满了愤怒和心痛，但是现实不允许她继续哀伤。她也想起了几年前去欧洲几个城市的旅行。顺路去了趟弗里堡，在那里她重遇了莱茵哈德。她本来很想告诉他，她曾经怀过他的孩子，但是最后她放弃了。对她而言，莱茵哈德只是一个被打败的男人，仅仅只是一个阴影而已。

绝望开始在她的身体里蔓延。莫妮卡不知道如何才能驱赶它，她从来都不知道。她拿出背包里的书，想借此来打发时间。那是一本罗沃尔特出版的切·格瓦拉的散文和演讲，读那些翻译成德语的文章总觉得很奇怪。

中午的时候，爸爸回来了，莫妮卡听到他用他那标志性的西班牙语在客厅里和哈辛达说话。后者敲了一下门，告诉莫妮卡午饭已经准备好了。

“你为什么来这儿，莫妮卡？”几天后爸爸问她。直到那一刻以前，他们都一直安静地散着步。他平静地看着莫妮卡，期待立刻知道答案。他咄咄逼人的老毛病又犯了。

他们已经两年多没见了，莫妮卡的突然出现让他感到不安。对莫妮卡而言，同样如此。决定来这里不是一件容易的事情。

她决定直截了当，如同她爸爸一样。

“我来，是来求你一件事。”她说。

“我听着呢。”

她深吸一口气，然后说，她想来问问他可不可以让她的几个同伴在多罗罗莎住一段时间。

“我不明白。”她爸爸回答。

“他们不会靠近你的房子。”她继续说，他们可以住在山上，就在他们聊天的这个地方。他们急需一个安全的地方，任何人都不知道的地方，包括工人和那附近的农民。

“要来这个地方干吗？”

“为了躲藏一段时间，也为了训练。”

“玻利维亚人对我们一直不错。”他打断了莫妮卡的话。

“这就是为了玻利维亚人，”她接着说，“马上就会有新的袭击，游击队必须在真实的环境里磨炼。”

“你知道你在求我做什么吗？”

“我在求你帮帮你的女儿。”

“战争都爆发在城市里啊，莫妮卡。”

“在城市里已经几乎不可能了。”

“在这偏远之地就可以吗？你们还没有得到教训吗？”

一切都令人难以置信：爸爸竟然了解那么多事情，他竟然说出那样的话，两个人竟然都能保持平静。

“我们回家吧，时间有点儿晚了。”爸爸说。

“不会影响到你什么的。”莫妮卡说。

“我不知道你在说什么。”

“我说我几个同伴只是借用一下你的土地，不会影响到你什么的。”

“我不想成为你们的同伙，你们的愚蠢、你们的暴力，还有你们的灭亡。”他回答说。他死死地看着莫妮卡，语气已经变了。

她曾经是多么天真，天真地期盼可以从爸爸那儿得到什么。

“回家吧，我们以后再聊。”

“我想知道这是不是你最后的决定。”她说。

“现在不是谈论这个的时候。”爸爸回答。

“这意味着你拒绝了吗？”

“以后再说，现在我们回家吧。”

半个小时以后，他们在客厅里争吵起来。“统治者的走狗，恶心的法西斯。”这是莫妮卡最后对爸爸说的话，然后她冲进房间里，收拾了钥匙、背包和手枪，没有告别就走了。

那几分钟注定要陪伴他的余生。一次又一次，他的脑海里都忍不住浮现出那个场景：他的女儿拿着武器辱骂他，汽车发动机的声音渐渐消失在远方。

再一次见到莫妮卡，是在拉巴斯的一张告示上。军队悬赏十万比索缉拿她，无论是死还是活。

孑然一身的莫妮卡

没有任何感情是不是也是一种感情？多年来，你一直都在问自己这个问题。现在，当你递出你的证件的时候，这个问题又再次浮现在你的脑海中。不要有任何感情，不要有任何回忆：面对任何审查机构时，你都这样命令自己。你紧紧地抓住唯一的想法、几个单词和那个又再次浮现的问题。当警察检查你的护照和登机通行证的时候，你保持着沉默和冷静。你知道，他随时都会抬起头来审查你（他抬起头，观察了你一会儿），你知道，当他审查你的时候你不会笑（你没有笑，你毫无怯意地看着他）。“您喜欢玻利维亚吗？”他问。你叫贝伦·厄尔南德斯，你是西班牙商人，来这个国家旅行了三个星期。“是的，很喜欢。”你回答。“学院①还是老虎②？”他问。不要有任何感情，不要有任何回忆，你一边想一边安静地看着他，就好像你不明白他在说什么一样。“当然是光荣的学院。”他说，然后微笑着把证件还给你。你离开那个地方，你知道他

① 学院（la Academia）是玻利维亚玻利瓦尔足球俱乐部的绰号。

② 老虎（el Tigre）是玻利维亚最强者足球俱乐部的绰号。

肯定在看你的屁股。在候机厅的卫生间里，一位老太太提醒你没有卫生纸了。你感谢她告诉你，等她一离开，你还是关上了门。当你出去的时候，大部分乘客都已经登机了；最好是最后登机的几个人之一。三十九个小时以后，你到达了布拉格机场，在那里的古巴大使馆里，他们交给你一本新的护照。现在你叫罗莎琳达·卡布雷拉。在这个社会主义兄弟共和国捷克斯洛伐克，因为工作而短暂停留之后，你回到了你的家乡哈瓦那。没有人问你任何事情。

三个星期以后，你又变成了澳大利亚游客，你给汉堡的玻利维亚领事馆打电话申请私人面谈，关于一队澳大利亚游客的签证你有几个问题。对方的秘书是一个很和蔼的女人，她让你一个星期以后，也就是四月一日早上十点的时候过去，那个时间总领事可以单独会见你。你告诉她你的名字，对她说你会准时到那儿，你感谢了她后挂断了电话。接下来的几天，你把一切都准备妥当，你在一条很热闹的街上找到了你的联络人，他交给你一个小公文包，里面有两层底，中间藏着一把柯尔特眼镜蛇左轮手枪。在回酒店的路上，你觉得你一辈子似乎都在为这件事情做准备。但是，尽管如此，你的心脏还是怦怦直跳，甚至有那么一瞬间你非常想哭。现在退缩还来得及吗？你会做什么呢？和你的爸爸言归于好，然后和他一起躲到多罗罗莎去？再去开一个收容所？放弃所有的梦想，然后在欧洲，在这片很久以前就已经陌生的大陆上，隐姓埋名？你回到房间，把公文包放好，然后开始在地板上做运动。你现在需要集中精神，思绪却开始蔓延。你想大吼，暴力地把房间拆了，用头撞镜子。你躺在地板上，深深地呼吸，一次、两次、三次，然后你屏住呼吸，吐气，再吸气。一个小时以后，你冲澡，淋了很长一段时间的水。你继续深深地呼吸，一次、两次、三次。你无法舍弃现在。现在就是淋在你身上的凉水、身体的颤抖以及即将执行的任务，一个让你感到快乐的任务。你现在不应该想太多，你不允许自己有半点儿犹豫。你检查了一下你的手枪，你喜欢它的轻巧。接下来的一个小时，你不停地练习动作，力求完美。接着，你收拾好一切，然后出门。

你只睡了两个小时，但是你并不感到累。不久之前，天空还下着细雨，现在又晴了。“胜利或者死亡！”你从一本杂志上撕下一页，然后在上面写下了这句话。你把它藏在你的假发里，小心地戴在头上，你想起了因蒂。你戴上一副厚框眼镜，一边找公文包一边想着因蒂。你的联络人就在外面。你上了汽车，他问你怎么样。“从来没有像现在这样好。”你回答。他看起来非常平静，就像每天都会做这样的事情一样。你对他知之甚少，有那么几秒钟，你后悔没有和他多聊聊天。他开到了海尔维希大街上，不到七分钟的时间你们就能到达领事馆。你的内心已经凝固成冰，是等待的时间让你变得脆弱。十点差五分，你走进领事馆，空气里都是烟的味道以及秘书小姐浓浓的香水味。她想起了你，让你先坐一会儿，领事马上就到。对面的墙上挂着一幅的的喀喀湖的海报。你移开视线，注意到你鞋头上一点发红的污迹。这让你想起了切·格瓦拉被切掉的双手和因蒂被撕碎的身体，以及这个蠢货多多·金塔尼亚，就是在他担任部长期间，发生了这两起杀戮，他负有直接的责任。你深呼吸，一次、两次、三次，呼气，再吸气。然后你抬起目光，立刻就看到了他：他的小胡子、他的鬓角、他的微笑。他一边伸出手，一边向你走过来，他在向你问好，你站起来的同时也取出了手枪，你朝着他的头连开了三枪。

半年后，你回到了拉巴斯。你想待在那里，有太多的事情要去处理。他们派了一个阿根廷人来照顾你。那个阿根廷人有二十四岁，你怀疑他是否已经经过了考验。你们总是住在人口密集的小区，从来不在同一个地方停留超过一个星期。每一次急刹车、每一次开门，可能都是敌人。你们经常转移，一旦停止，就会被抓。你知道他们都是为你而来，你所做的一切事情，他们都认为是你做的。为了动摇这个政体，有很多的会议，很多重要的计划，以及在镇压之下重新焕发出的热情。相处几年之后，你和那个阿根廷人上了床，这是连你自己都不太明白的、最本能的性，却能让你在这种封闭的生活里感觉舒服一些。当你和他做爱的时候，你想起了你的前夫、他的弟弟，还有因蒂。你又变成了他们曾经使用过的那个身体。你想着：他们曾经使用过的身体，现在这个阿根廷人使用的身体。你保持冷漠，在你的内心，你一直以来都感受着这样的冷漠。不要有任何感情，不要有任何回忆——这将继续成为对你自己的命令。没有任何感情是不是也是一种感情？几名同伴陆续被捕，你想帮忙，但是组织限制了你的权力。他们说美国中央情报局也已经参与了对你的搜捕行动，你的海报遍布整个国家；多多·金塔尼亚在军人当中威望甚高，他们为了给他报仇不惜翻天覆地。你讨厌等待的日子，他们又把你安置在那些你不情愿待的地方，又让你过着你从来没有过过的生活。但是，最让你难以忍受的是无用感（什么都不让你做，那你为什么回来呢？你虽然人在这片土地上，但是就跟没有在这里一样，这又有什么意义呢），以及坐牢一样的生活。当你无法再忍受的时候，不管有多么危险，你都出门去散散步。比如现在，早上七点，你已经醒来几个小时了。那个阿根廷人一醒来，你就对他说你需要出去走走。你戴上帽子，披上彭丘，照了一眼镜子。“那就是你现在的样子，”你想着，“镜子里的那个女人就是你。”

香　烟

这不仅是新的一年的开始，也是一个新的十年的开始，我想达成一个大的目标，以此来纪念这两个新的开始。我曾经想过这个大的目标可以是终于找到了另一半，要么是离开这座城市或者这个国家。在一九七〇年一月一日，就那么一瞬间，我决定戒烟。

这将会是我做的所有事情中最具挑战性的，但是我需要一个改变，从那里开始非常有意义。

在那些最不常用、最零散的地方，或者在那些小抽屉里，我都陆陆续续地找到了香烟。

在几年都没穿过的裤子的口袋里。

在植物的花盆架上。

在那些锅的中间。

我把所有的香烟都扔进一个黑色袋子里，然后走到大街上。如果等垃圾车来，要等两天，那简直会要了我的命。我走到离家不远的一片荒地上，确认没有人看到我后，就把袋子扔在了那里。

小的时候，我们和邻居展开过一场垃圾战。他们每向我们的院子里扔一块香蕉皮，我们就还以三块。

我一边回忆那些垃圾战，一边往家走，就是那个时候我们一起住的那个家。虽然从很多年前开始，只有我一个人住在后面的一间小房子里，而前面的那栋大房子里，来来往往住过很多家人。

对我而言，怀旧有它的意义。

它让人觉得以前的日子没有白过，它赋予了现在更多的内容。当往回走的时候，不只有那些空荡荡的街道和一个孤零零走在路上的女人，还有她和她的姐姐们跟邻居持续多年的垃圾战，有那三个不同年纪的姐妹，以及她们三姐妹或多或少都与之有所相似的妈妈。

那个一月一日非常难熬。

我非常地绝望。

我像疯子一样大哭。

我无法入眠。

第二天更糟。我的双手不停地颤抖，满嘴奇怪的味道，心脏咚咚直跳，就像要离开我的身体一样。我终于睡着了，但是噩梦又把我吞噬。经过所有的这一切，如果抽烟会让我感到快乐的话，也许我没有必要非得戒掉它。

我教德语课已经有一段时间了，主要是私教课，也在歌德学院上课。我马上就要满二十七岁了，总体而言，我没什么好抱怨的。

我孤身一人，但是没什么好抱怨的，虽然最近我开始感觉到我需要一个重大的改变，让我可以改变认识自己以及周围世界的方式。

一月三日，我走进了附近的几家商店，最后买了一些口香糖和糖果，当我只是需要嘴里有点儿东西的时候，我就嚼这些东西。就在那天，差不多半夜的时候，我终于无法忍受了。那是一个星期六，很多地方都还开着。我出门买了一包香烟和一个打火机。

回家的路上，三个男人从我身旁经过，其中一人说了一些我听不懂的话，肯定是些脏话，另外两个人立刻笑了起来。

还有时间反悔。

我是一个迷信的人，如果我不完成诺言，我害怕发生最坏的事情。

星期一，我又要上班了。星期一，新的一年就要真正开始了，可恶的一九七〇年代。

我加快了脚步。

我一刻不停地走回了家。

德国人之间有传言说，莫妮卡组织策划了前几个月发生在这座城市的其中几起恐怖袭击。因此，所有人都改变了对我们的态度，开始避开我们。

三月中旬的时候，他们通知我，我不能继续在歌德学院工作了。没关系，反正私教课也更顺利，因此，我连为什么都懒得问。

爸爸的情况更糟。收货的出口商不停地刁难他，最后干脆不再购买他的货。他比我骄傲得多，最让他受伤的是人们虚假的问候，以及其他人谈论我们时的那种欢乐。很多年来，他都没有离开过他的庄园，但是从那个时候起，他完全把自己封闭在了那里。

“辛苦了这么多，结果还是回到了原点。”有一天他在电话里抱怨道。他说在“二战”后，他也曾经历过一段这样的日子，感觉就像一场瘟疫。那个时候也跟现在一样，一扇一扇的门都相继对他关闭了，但是他说这一次他半厘米都不会离开那儿。

他想让我搬去多罗罗莎跟他一起住。“这是什么名字啊！”每一次他跟我提到这个名字，我都会这样想。不管怎么样，我在拉巴斯挺好的。

经常和孩子们还有年轻人在一起，让我觉得轻松不少。我很喜欢看着他们慢慢地学会一门新的语言。

我有七个固定的学生，每周我们会给他们上两次课。其他三四个总是在考试的时候才出现。

我的时间很自由。

事实上我的工作不多。

我经常望向窗外。

偶尔去电影院看电影。

有时会和莫妮卡那位有点儿肥胖的朋友莉罗塔一起喝茶。她现在在一家医院工作，但是非常想念收容所。我们常常聊起过去的莫妮卡，我们对她的现在一无所知，我们甚至不知道她在不在这座城市。

有时我感觉到有人在监视我，有几天他会跟踪我。有时，当我回家的时候，我会突发奇想地觉得莫妮卡在那儿。我想我们不会有很多话聊。我们只会久久地拥抱，然后倒在我的床上直到睡着。

我很怀念我们前几年的日子，那时我们刚刚来到这里，对我们来说，一切都是新的。我很想念妈妈，继续想念着她。也许她一直都在看着我们，嘲笑我们的一无所获，嘲笑我仅仅持续了三天的戒烟。

我的怀旧总是很模糊，我很难回忆起具体的事情。出现得最多的就是那段坐船的旅程、一九五五年那个光荣的圣诞节，以及我第一次独自一人在拉巴斯的日子，那个时候我只有十七岁，一切都觉得不可能。现在，我已经长了快十岁，但感觉还是和当初一样。

我不知道如何才能抓住现实。

现实就是我在街上读到的报纸（寻找莫妮卡），以及电台里听到的新闻（寻找莫妮卡）。现实就是那些我在教他们语言的小孩子和年轻人，我不知道为什么要强迫他们来学这门语言。现实就是人们在一起，繁衍后代，并且允许这个世界上的谎言继续流传。

我的胃病开始发作了。我不停地想上厕所，甚至有几次忍不住在没人的巷道里方便，然后用树叶或者运气好时找到的几张报纸来清理干净。或许长大成人就是意味着你会对你的身体感到害羞，你的身体开始造反，然后发生混乱；你会担心喝完咖啡后胃部的灼热感，总是害怕最坏的事情发生。所有的这一切都在一九七〇年代初降临在我的头上，这也意味着我在那个时候终于长大成人了。

同一年也发生了另一件事情：十几个年轻人，其中大部分人比我小很多，他们潜入了森林，准备发动一场游击战。我听到这个新闻的第一反应就是想知道莫妮卡是不是也在其中，她是不是也要去参加战斗。然后我就想，她要去和谁打仗呢，在森林里，到底他妈的要去和谁打仗呢？

我开始胡思乱想，我觉得所有这一切都是我的错，如果我履行了我戒烟的誓言，这一切就不会发生了。

我无法想象。

十几个年轻人全副武装地走向死亡。十几个年轻人将会被军队屠杀。

在他们当中，很有可能有我的姐姐。

能够得到的信息少之又少，无法确定到底应该相信哪一个。二十个人？五十个人？还是一百个人？在躲进森林以前，他们绑架了两个美国佬，但是好像现在已经把他们释放了。如果你不认识政府里的任何人，一切都无法证实，而我并不认识这样的人。

我变成了一个跟收音机生活的女人；我变成了一个有强迫症的女人，经常在家附近街角的报刊亭那儿从头到尾地翻看所有的报纸。

有些天我甚至会抽三包烟。

“不好的事情总要发生，”我想着，“最痛苦的事还会更加痛苦。”

海蒂对那些新闻很冷漠。她已经半辈子没有见过莫妮卡了，莫妮卡甚至连她的外甥们都不认识，现在她们两个人完全成了陌生人。让我吃惊的是，爸爸也没有很惊慌。他好像一点儿都不心痛，就好像莫妮卡只是背叛了她自己而已。他有朋友在军队上层，他说他会去打听一下，但是我知道他很在乎自己在他那些朋友面前的形象，即使在很糟糕的情形下，他也不会在他们面前表现出任何脆弱。

那个时候我都不知道德奥崩德[①]在哪儿，不知道社会民主党人是谁，不知道格瓦拉主义者的核心理论是什么；也不知道共产党员内部有亲苏派和亲中派，而且他们之间的分歧很大；更不知道即使如此，在时隔四年之后，他们又再次联手了。我从来都对政治不感兴趣，那会儿却了解了很多很多的事情，尽管在内心深处，我还是觉得无所谓。

我在乎的是我的姐姐。

我在乎的是那群年轻人的生死。

“他们是一群毫无经验的新手，”某个军队领导人宣称，“他们不会对我们的国家造成任何威胁。”另一个又声称：“几个星期以后，一切都会在我们的控制之中。”

---

① 德奥崩德（Teoponte）是拉巴斯省的一个村子。

我把他们在潜入森林之前发表的宣言看了无数遍。我想知道他们为什么要那么做，我想知道游击战到底对我有什么意义，一个与现实相关的意义，而不是只与什么理想或者愚蠢有关。他们写道：“玻利维亚革命的唯一方式就是为了民族解放，紧紧抓起切和因蒂以及其他很多战友留给我们的武器，肩负起这份责任与荣誉，超越宣言式的姿态，投身到实践中。”我不知道我应该站在哪里，也不知道该做什么。就在这样的困惑中，我度过了二十七岁的生日。

不久之后，传来了最新的消息。

报纸上说，死了九名游击队员。

又先后死了四名、四名、七名。

就在那个时候，爸爸告诉我他刚刚收到了莫妮卡的消息：他不知道她现在在不在这个国家，但是她一切安好。简讯非常简单，没有任何其他的信息，也没有透露出任何的情绪。我听到那个消息非常害怕（爸爸一边在电话里给我读莫妮卡的简讯，一边哭得像孩子一样，尽管当我问他怎么了的时候，他没有承认）。事实上，那封简讯的冷酷才更让人害怕。

两三个月以后，大约六十名游击队员失去了生命。有传言说，他们大多数死于饥饿。

政府正式宣布战斗结束了。

我到处都能看见我的姐姐，没有一天我看不见她。有时电话一响，我的第一反应就是她。

我买了一条狗，接着又买了一条。我需要陪伴，需要有人总是在家等我。

我要找到莫妮卡，但是我不知道该怎么去找她。

与此同时，她的身影到处都是。

在附近的商店里。

在我有时会去的电影院的座位上。

在我遛狗的小广场上。

我失去了几个学生，仅仅只剩下了三个，我的胃也越来越不舒服。谣言还在四处扩散。人们说我的姐姐是个残忍的杀手，是个冷血的女人，她一个人摧毁了所有德国人在这个国家的名声。海蒂试图说服我去慕尼黑帮助她照顾孩子们（当然那个时候他们也不小了），或者去打理她其中的一家店。

我知道，没有找到莫妮卡我不能走，我还没有说服她忘记一切，我还没有说服她和我们一起到一个没有人认识我们的地方重新开始，就像我们的父母曾经那样，也像海蒂那样。

那是我生命中最糟糕的几年，我唯一的慰藉就是告诉我自己，只要远离这里，就还有可能重新开始。那是非常可怕的几年，无论我在哪儿，一次又一次，我都强迫自己这样想。

最后我被打败了。

记忆并不是一个安全的地方，在那里，所有的事物都会变得模糊，然后消失；在那里，最终我们都会离开那些我们最深爱的人。

在远处

他们在远处看见了他。现在是早上六点，他一边喝着咖啡一边在家门口等着他们。他们上一次来这里是几年前的事了，现在周围的一切看起来比那个时候破败了很多。

阿马德奥和卢乔是同父异母的兄弟，他们刚刚开始搭伙做一些建筑的小生意。他们跟随着骡子的速度慢慢靠近那栋房子。他们不知道这次要他们来做什么，他只是来店里短暂停留了一会儿，什么都没说清楚。“活儿不难，”他说，“搬两百块砖和一些水泥过来，几个小时就做完了。”阿马德奥让他再说清楚点儿，但是他好像没听见，或者是装作没听见。他摆了摆头，说了几个没人听得懂的单词就离开了。他们年轻的时候就开始给他干活儿，但他已经有好几年没有找过他们了。周围的杂草比房子都高。八九条狗在那附近晃悠，从远处看，就像几个影子，跳着一种神秘的舞蹈，一会儿聚在一起，一会儿又分散开去。

他们继续安静地走着，那个德国人的出现让他们有点儿害怕。他们在小山丘上一步一步地朝着房子走过去，渐渐地，他们衣衫褴褛的样子变得清晰起来。更近了，只有四十米了，他伸出手来跟他们打招呼。

按照他的指示，他们花了两个小时开辟出一块长方形的地，现在又开始挖里面的土。那个德国人站在几米以外的地方监督他们的工作，那些狗围绕在他身边，就像他的私人警卫一样。这里马上就会变成他的王国，除了三百米之外的那栋房子，他们现在正在挖的这个坟墓是他唯一所剩的东西。

他们呢？“什么都没有。”卢乔想着，上午才过去一半他就已经饿了。“什么都没有。”阿马德奥想着，突然他想到房子里会不会有钱，足够多的钱可以改变他、他的弟弟以及他们整个家庭的生活。“专心点儿，卢乔。”那个老人说，然后一边抚摸其中一条狗的头，一边嘟嘟囔囔地说了一些旁人听不懂的话。有两条狗突然打起架来，他安静地在一旁看着它们。突然，一种奇怪的安静让两个人都停下手里的活儿，看着那边发生的一切。那个德国人好像丢了魂一样，一会儿又不见了。也许所有的老人到最后都会变成这样。“我会怎么样呢？”卢乔想，他不禁想到了一个大肚子，事实上，现在在他的衣衫里面已经能隐约看到了。阿马德奥仍然继续惦记着那个德国人有可能把钱藏在哪儿。在他附近，那两条打架的狗越打越凶。两兄弟着急干完活儿，无心观赏那样的场景，只顾继续埋头工作。

泥土被雨水泡得又软又松，两个小时他们就挖出了一个一米四深的大坑。那个德国人想挖到两米五。“太深了，”早上的时候，阿马德奥就对他说，“两米就足够了，甚至一米七或者一米八也完全够了。”卢乔在一旁耷拉着脑袋，点头附和他的兄弟。他发现很难直视这个德国人的双眼，那里面有一些东西让他感到害怕：陌生的国家；有传言说，他有一个女儿被那些当兵的用最最残忍的手段凌辱了，另外两个女儿则离开了这里，永远不会再回来。村子里的人都说，那是他们那种人常常会做出的事，尤其是当他们喝醉的时候。这样巨大的悲恸常常发生在那些自以为不可战胜的人的身上。“已经决定了。”德国人说。“两米五费的劲儿实在太多了，”阿马德奥继续抱怨道，“再说砖也不够啊。”“屋子里还有。”德国人回答说，之后就再也没说话，一直到他们来到干活儿的地方。接下来的几个小时里，他一直站在那儿。是他们所想的那样吗？这个坟墓？他挖这个是给他自己准备的，还是他最终找到了他女儿的尸体？

“我们去吃午饭吧。”中午的时候他说，也不等他们回答，就自己拄着拐杖转身朝家走去。

十几个脏兮兮的盘子随意放在房子里，整栋房子都散发着一股陈旧的味道。阿马德奥和卢乔忍不住互相看了一眼，对这一切感到有点儿吃惊。两条窜进屋来的狗在客厅里那把陈旧的扶手椅旁嗅来嗅去。一面墙上挂满了照片，但是上面布满灰尘，根本看不清楚。卢乔用手掸去了几张照片上的灰尘。其中一张，那个德国人在一座山的山顶上；另外一张里，他正在摆弄摄影机，年轻而又充满活力，浑身上下都透着自信。但是最引起卢乔注意的，是一张他三个女儿正在微笑的照片。她们那样地看着镜头，让卢乔看得入了神，完全无法移开视线。卢乔旁边，阿马德奥漫不经心地看着，心里一直惦记着屋里会不会有钱。

厨房里，德国人没什么好声气地叫他们过去。他们看着他拿出两罐金枪鱼和一罐嫩玉米，递给他们，让他们打开。房子的一侧有两台已经无法再使用的发动机、一个三脚架和一堆绳索。堆的东西太多了，以至于感觉这里很小，虽然他们知道这里是这个地区最大的几个庄园之一。老人把三把叉子和一包苏打饼干放在桌上，然后坐下来。“用餐愉快。”说完，他立刻开始吃起来。他们两个人虽然已经饿疯了，但还是战战兢兢地照着老人的样子吃着。几分钟以后，阿马德奥试着跟他聊天，问他为什么会来到这个国家；到这个时候，比起德国人，他是不是更觉得自己是玻利维亚人；他最喜欢康塞普西翁的什么。而老人一直盯着桌子，什么都不回答，过了一会儿，他们才发现他已经睡着了。阿马德奥想着，原来从喧嚣中抽身而出是如此简单。而卢乔希望自己不要老，希望自己能在变老之前摆脱这不幸的尘世。

下午三点，当德国人下来的时候，他们已经把墓挖成了他想要的那个样子。那群狗又把他团团围住，他粗暴地用拐杖把它们赶开。他多少岁了？肯定九十多了吧，甚至有可能一百多了，整整一个世纪的一百年。他们无法想象，也不想去想象这意味着多少的记忆，在那些记忆里又有什么。德国人让他们把墙涂好。“我们需要水。”卢乔说。“去房子里取吧。”德国人回答。

天就快黑了，他们抓紧时间干活儿，想尽快离开这里。德国人的存在并不是一件好事，他让他们感到害怕、恶心以及难过。他那么虚弱，那么邋遢，活着更像是死了一样。

回到客厅，老人付给他们报酬。他们回到屋外，迅速地洗了洗脸，然后把东西都装到骡子身上。“我饿得肠子都绞在一起了。”卢乔对他的兄弟说。“晚上吃烤肉吗？”“有烤肉，还有好酒，”卢乔说，“我还让肥婆精心准备些炸薯条。”“我叫胡安娜做米饭。”阿马德奥说。

他们还有五十分钟的路程要赶。

但是至少他们都有伴。

他们出发了。